ラストで君は「まさか!」と言う

予知夢

PHP

もくじ contents

●執筆担当

桐谷 直（p. 6～17、24～25、54～61、64～72、82～89、149～156、180～183）
萩原弓佳（p.18～23、73～81、90～95、114～127、136～143、191～195）
たかはし みか（p.26～29、36～45、104～113、128～135、167～179、184～190）
ささき かつお（p.30～35、46～53、62～63、96～103、144～148、157～166、196～207）

幸せ家族

日曜日の夕方。小学校三年生の朱音《あかね》は笑顔で言った。

「わぁ。おいしそうなごはん！　お母さんとお姉ちゃんが作ったの？」

「そうよ。みんなの大好物ばかり」

母の富美《ふみ》がにっこりと笑う。家族がそろう食卓《しょくたく》には、温かい家庭料理が並《なら》んでいた。

「うん、うまい！　早苗《さなえ》姉さん、料理だけは合格点《ごうかくてん》をあげるよ」

ちょっと生意気にそう言ってからあげを頬張《ほおば》るのは、朱音《あかね》より二歳《さい》年上の兄、辰生《たつお》だ。

「だけってなによ。辰生《たつお》」

姉の早苗《さなえ》が、プッと頬《ほお》を膨《ふく》らませる。

四年前に結婚《けっこん》した早苗《さなえ》の隣《となり》には、あどけない笑顔を浮《う》かべた三歳《さい》の息子、空《そら》がいた。

「こら。辰生《たつお》。つまみ食いなんて行儀《ぎょうぎ》が悪いぞ」

父の修平《しゅうへい》に頭をコツンと叩《たた》かれ、辰生《たつお》は「ヘヘッ」と笑って舌《した》を出した。

頑固者《がんこもの》だが頼《たよ》りがいのある父と、しっかり者で優《やさ》しい母。おっちょこちょいで明るい姉と、ひょうきんで元気な兄、そしてかわいい小さな甥《おい》。ずっと変わらない、朱音《あかね》の家族の幸せな光景だ。全員が席に着いて食事が始まると、いつものように会話が弾《はず》む。

「それでね。先生が、朱音《あかね》さんは音楽の才能《さいのう》がありますねって言ってくれたの。だからあたし、中学生になったら吹奏楽部《すいそうがくぶ》に入ろうと思う。フルートを吹《ふ》きたいの」

朱音《あかね》が夢《ゆめ》見るようにそう言ったとたん、和やかだった家族の間に重苦しい空気が流れた。辰生《たつお》がからあげを喉《のど》に詰《つ》まらせ、ゴホッと咳払《せきばら》いする。

「吹奏楽部《すいそうがくぶ》？　そうねぇ。それもいいわね」

富美《ふみ》はそう言ったが、笑顔はぎこちなかった。助けを求めるように修平《しゅうへい》を見る。

「あー、その。そうだな。朱音《あかね》もいずれ中学生に……」

修平《しゅうへい》も、困《こま》ったような表情《ひょうじょう》だ。早苗《さなえ》がその場の雰囲気《ふんいき》をとりつくろうように、明るく言った。

「すてきね。朱音《あかね》は器用だから、きっとフルートも上手《じょうず》に吹《ふ》けるわよ。将来《しょうらい》が楽しみ」

姉の言葉を聞いた朱音《あかね》は、口の端《はし》を引き上げてひきつった笑顔を作った。

「将来《しょうらい》が楽しみ……？　それって、あたしの将来《しょうらい》のこと？　お姉ちゃん」

「も、もちろんよ」

「ふうん。じゃあ、お姉ちゃんは、あたしが中学生になれるって思ってるんだ？」

投げやりにそう言った朱音《あかね》の目に、突然《とつぜん》なみだが込《こ》み上《あ》げた。早苗《さなえ》があわてて言う。

「えっと。そんな日が来るといいなぁと思って」

「適当《てきとう》なこと、言わないで！」

朱音《あかね》は声を張《は》り上げた。優等生《ゆうとうせい》で、いつもは聞き分けのいい朱音《あかね》が、家族に対してこんな態度《たいど》をとったのは初めてだった。朱音《あかね》の頰《ほお》を、ツーッとなみだが伝う。

「お姉ちゃんはいいよね。優《やさ》しい旦那《だんな》さんと結婚《けっこん》しているし、かわいい子どもだっている。だけど、あたしは中学生にもなれないし、結婚《けっこん》もできない。不公平だよ！」

朱音《あかね》はテーブルに突っ伏《ぶ》し、わっと声をあげて泣き出した。

「気持ちはわかるよ、朱音《あかね》。僕《ぼく》だって、大人になった朱音《あかね》を見たい」

朱音《あかね》の隣《となり》に座《すわ》っていた辰生《たつお》が、なみだ声で言い、手の甲《こう》でグシッと鼻をこする。

「早苗《さなえ》姉さんだってそう思ってるさ。父さんも母さんも、みんな同じ気持ちだよ」

「そうよ。できることなら朱音《あかね》の将来《しょうらい》の夢《ゆめ》を叶《かな》えてあげたい」

早苗《さなえ》も泣きながら言った。母もエプロンの裾《すそ》でそっとなみだをぬぐっている。口を引き結び、苦しげに視線《しせん》を落とす父。言葉もなくうつむき、悲しみにしずむ家族。

すると、みんなの様子を黙《だま》って見ていた早苗《さなえ》の息子、空《そら》が立ち上がった。

「泣いてもどうにもならないだろ！　これが僕《ぼく》たちの運命なんだ。朱音《あかね》ちゃんはかわいそうだけど、辰生《たつお》くんだって同じだ。それでも、ふたりとも小学生なんだから僕《ぼく》よりマシさ」

三歳児《さいじ》とは思えぬほど大人《おとな》びた表情《ひょうじょう》でそう言うと、空《そら》は疲《つか》れたようにため息をついた。

「僕《ぼく》なんか……。フッ。お笑いさ。小学校の入学式すら夢《ゆめ》なんだからな」

「空《そら》ちゃん……。そうだよね。あたしだけが辛《つら》いんじゃないのに」

朱音《あかね》は手の甲《こう》でゴシゴシとなみだを拭《ふ》き、ティッシュで鼻をかんだ。

「ごめんなさい。こんなことを言うなんて、あたし、どうかしてた」

「朱音《あかね》は笑顔のほうがかわいいぞ」辰生《たつお》が朱音《あかね》を励《はげ》ますと、早苗《さなえ》も言った。

「そうよ。私《わたし》たちを応援《おうえん》してくれるみんなを、元気にしなくっちゃね！」

「そうだよね。あたし、頑張《がんば》るよ、お姉ちゃん。みんなもごめんなさい」

家族みんながうなずき、おたがいを励《はげ》ましあった。空《そら》が壁《かべ》の時計を見て言う。

「もうすぐ六時半だぞ。みんな、早くなみだを拭《ふ》けよ。自分の役割《やくわり》を思い出すんだ」

全員が、ハッとしたようにテレビの暗い画面を見た。あわてて食卓《しょくたく》に着くと、すぐに空《そら》がカウントダウンを始める。

「あと三分。二分四十秒……一分三十秒。十秒、九秒。みんな、準備《じゅんび》はいいか？」

辰生《たつお》は箸《はし》でからあげをつまみ、朱音《あかね》はテーブルの下にいた猫《ねこ》をひざの上に抱《だ》き上げた。

富美《ふみ》が茶碗《ちゃわん》にごはんをよそう。空《そら》は急に人が変わったようににこやかな表情《ひょうじょう》になり、幼《おさな》くかわいい声で言った。

「さあ、始まるです〜。みんな笑顔でいきますよ〜」

その時。玄関《げんかん》の戸がガラリと開き、会社帰りの早苗《さなえ》の夫が駆《か》け込《こ》んできた。

「みんな！　大ニュースだ！」

「どうしたの、敦夫《あつお》さん。早くスタンバイしないと始まっちゃうわ！」

うろたえる早苗《さなえ》のもとに駆《か》け寄《よ》り、息を切らして敦夫《あつお》は言った。

「いいんだ、早苗《さなえ》。もういいんだよ！」

「何を言っているんだ？　敦夫《あつお》くん」修平《しゅうへい》がおどろいて敦夫《あつお》を見る。

「お父さん。ついに終わったんですよ！」と、うれしそうな敦夫《あつお》。

「何を言っているのかわからないわ」

戸惑《とまど》って立ちつくす早苗《さなえ》の手を取り、敦夫《あつお》が言った。

「ほら、早苗《さなえ》。あのテレビを見てごらん。暗いままだろう？」

「変ね。いつもなら、画面の向こうに大勢《おおぜい》の視聴者《しちょうしゃ》の姿《すがた》が見えるはずなのに」

首をかしげる早苗《さなえ》。敦夫《あつお》は興奮《こうふん》し、笑いながら言った。

「ああ、そうだよ！　もうだれも、テレビ画面の向こうから僕《ぼく》らの生活をのぞき見ない。視聴率《しちょうりつ》の低迷《ていめい》で、番組が打ち切りになったんだ！」

「番組終了《ばんぐみしゅうりょう》……？」早苗《さなえ》が信じられないというように聞き返す。朱音《あかね》がつぶやいた。

「ついに終わったの……？　四十年も放送されてきたあたしたち家族の番組が」

朱音《あかね》とその家族は、毎週日曜日の六時半にテレビで放送される、ご長寿《ちょうじゅ》アニメのキャラクターだった。歳《とし》を取ることも許《ゆる》されず、アニメの世界で変わらないファミリードラマを延々《えんえん》と演《えん》じ続けていたのだ。

「じゃああたし、中学生になれるんだね？　大人《おとな》になってもいいんだね？」

朱音《あかね》の言葉に空《そら》がうなずき、グスンと鼻を鳴らした。

「三歳児《さいじ》のまま四十年は長かった……。二度と、お子様ランチは食べないぞ！」

「視聴者《しちょうしゃ》から解放《かいほう》された！　僕《ぼく》らは今日から自由の身だ！　人生が動き始めたんだ！」

辰生《たつお》が喜んで飛び上がる。家族は笑ってバンザイし、猫《ねこ》は大きく伸《の》びをした。

モンスターの卵《たまご》

夏祭りの夕方。数人の友だちと別れて家へ帰ろうとした翔太《しょうた》は、奇妙《きみょう》な出店《でみせ》を見つけた。黒い布《ぬの》をかけた小さな台の上に、水色の小さな卵《たまご》がひとつだけ置いてある。卵《たまご》の横には、下手《へた》くそな字で説明書きがついていた。『モンスターの卵《たまご》。一個《いっこ》千円』。

「モンスターの卵《たまご》?」

売っているのは、メガネをかけて口ひげを生やした、いかにも怪《あや》しそうな中年の男だ。椅子《いす》にだらりと座《すわ》ってスマートフォンをいじっていたが、翔太《しょうた》に気づいて顔を上げた。

「おや、兄ちゃん。モンスターの卵《たまご》はどうだい? 最後の一個《いっこ》だよん」

「いらないよ。千円もする卵《たまご》なんて。どうせ、うずらの卵《たまご》に色をつけただけでしょ」

翔太《しょうた》は六年生だ。祭りの出店《でみせ》でインチキ臭《くさ》い品物を買うほど子どもではない。

すると、男はチッチッとひとさし指を振《ふ》り、説明書きを指さした。

「よく見なよ、兄ちゃん。ただの卵《たまご》じゃないぜ。生きたモンスターの卵《たまご》だ」

確《たし》かに『生きた』と、小さく書き添《そ》えてある。男はニヤリと笑って言った。

「大人気商品だよ。兄ちゃんは運がいい。本物のモンスターをポケットの中で育てられるんだからな。祭りは今日で終わり。最後のチャンスだよん」

バカバカしいと思いつつも、翔太《しょうた》は強く興味《きょうみ》をひかれていた。今夢中《むちゅう》になっているゲームのせいだ。モンスターの卵《たまご》を見つけて孵化《ふか》させ、孵《かえ》ったモンスターの強さで勝敗を争うという、大人気のゲーム。

翔太《しょうた》のクラスでも、多くの友だちが夢中《むちゅう》になっていた。今まで強いモンスターの卵《たまご》を見つけたことがない翔太《しょうた》は、友だちが自慢《じまん》するのを見るたび、うらやましくてたまらなかった。

特に、同じクラスの隆也《たかや》には、何度も悔《くや》しい思いをさせられていた。隆也《たかや》に甘《あま》い親が、強いモンスターの卵探《たまごさが》しに役立つゲームのアイテムを、次々と買い与《あた》えるからだ。

一度でいいから隆也《たかや》の鼻をあかしてやりたい。もしもこれが本物のモンスターの卵《たまご》なら、どれほどうらやましがられるだろう。

翔太《しょうた》の心を読み取ったかのように、男が言った。

「そういや、さっき、あんたと同い年くらいの兄ちゃんが、この卵《たまご》に興味《きょうみ》を持っていたな。しゃれた服を着て、金持ちそうな親と一緒《いっしょ》だったっけ」

「も、もしかしてそいつ、隆也《たかや》って呼《よ》ばれていなかった？」

「ああ、そうそう、タカヤだ。タカヤ。あとでもう一度来るようなことを言ってたな」

翔太《しょうた》はあせった。

「僕《ぼく》が買うよ。千円だろ？」

台の上にお金を置く。

ライバル心に火がついて、買わずにいられなかったのだ。

男はお金を受け取ってすぐにポケットにしまうと、愛想《あいそ》よく言った。

「まいどありぃ。一か月ほどポケットに入れて、強いモンスターを孵《かえ》してくれな」

翔太《しょうた》は男の言葉通り、ポケットに小さな水色の卵《たまご》を入れ、慎重《しんちょう》に卵《たまご》を持ち歩いた。夜寝《ね》る時は柔《やわ》らかい布《ぬの》に包んで枕元《まくらもと》に置き、学校へ行く時も忘《わす》れなかった。

「本当に孵《かえ》るのかな……」

騙《だま》されたかもしれないとは思うものの、もしかして、という気持ちを捨《す》てきれない。

そうして、一か月が過《す》ぎたころ。卵《たまご》をポケットに入れたまま、翔太《しょうた》はうっかり転んでしまった。あわてて卵《たまご》を確認《かくにん》すると、案の定、中は空っぽ。

「なんだよ！　やっぱりうずらの卵《たまご》の中身を抜《ぬ》いて、色をつけてただけじゃん！」

ちょうど隣町《となりまち》で祭りがあると知り、翔太《しょうた》は腹《はら》を立てながら男の姿《すがた》を探《さが》した。

あの時のように、メガネで口ひげの男が台の上で小さな赤い卵《たまご》を売っている。

「おじさん。モンスターの卵《たまご》だなんてウソをついたでしょ。お金を返してよ！」

翔太《しょうた》が文句《もんく》を言うと、男は短い眉《まゆ》を片《かた》ほう上げて翔太《しょうた》を見た。

「その卵《たまご》から、火を噴《ふ》くドラゴンは出てこなかったかい？　雨を降《ふ》らす大ガエルは？」

「どれも出てこなかったよ！　つぶれた卵《たまご》は空っぽだったし！」

「おお、そりゃあすごい！」

男は真顔で言った。

「兄ちゃん、あんたは貴重《きちょう》なモンスターの卵《たまご》を買ったんだ。卵《たまご》から孵《かえ》った瞬間《しゅんかん》、目にも留《と》まらない速さで飛び立った、風のモンスターの卵《たまご》をね！」

パスコードロック

（あいつ……浮気《うわき》してる？）

千晶《ちあき》が高校二年の十一月からつき合っている寛弥《ひろや》の様子がおかしいことに気がついたのは、三年になった五月。今年も同じクラスになれたことだし、成績《せいせき》のよい寛弥《ひろや》と同じ大学へ行けるように頑張《がんば》ろうと、張《は》り切った矢先である。

休み時間にスマートフォンを見た寛弥《ひろや》が、少し照れたようにニヤッと笑ったのだ。

これまでそうやって笑うのは、千晶《ちあき》のメールを見た時だけだった。

でも最近は千晶《ちあき》がメールを送っていない時も、笑う。笑うのである。

さしてイケメンではない寛弥《ひろや》だが、照れ笑いの時、小さい目がさらにクシュッとなって、そこがかわいらしい、と千晶《ちあき》は思っていた。

(あれは私《わたし》だけのものだったのに)

その日は、午前中に二度も怪《あや》しい照れ笑いがあったので、昼休み、千晶《ちあき》は瑠璃子《るりこ》に相談することにした。瑠璃子《るりこ》も二年続けて同じクラスで、同じテニス部の親友である。

「相手はだれだろう? 二年の時は一緒《いっしょ》のクラスで、三年で離《はな》れてしまった子、なんかが疑《うたが》わしいよね? 私《わたし》の目が届《とど》きにくいと思って……」

「でも浮気《うわき》してるって、決まったわけじゃないでしょ?」

「ううん。あの顔はまちがいない。えーっと、木下《きのした》さん、智美《ともみ》ちゃん……」

千晶《ちあき》はめぼしい女子の名前を挙げる。

「ねえ、相手が女子とは限《かぎ》らないんじゃない?」

「ふへぇっ? 浮気相手《うわきあいて》が男子ってこと? じゃあ、同じバスケ部の……」

「そうじゃなくて。浮気《うわき》じゃなくても、男子同士でおもしろい話とかをメールすることもあるでしょ」

「そういうのとはちがうの。だって、照れ笑いだよ」

千晶《ちあき》は瑠璃子《るりこ》に、寛弥《ひろや》の「普通《ふつう》の笑顔と照れ笑いのちがい」を説明するが、いまいちうまく伝わらない。

「よし、浮気相手《うわきあいて》のメールを見た時間と回数を記録するところから始めよう」

千晶《ちあき》はスマートフォンのメモアプリを起動する。

「あ、それ。千晶《ちあき》もインストールしたの？」

最近、ホーム画面にメモを貼《は》りつけられるアプリが流行《はや》っていた。本来は買い物リストなどのメモを書き込《こ》むものだが、常《つね》にホーム画面に表示《ひょうじ》されているので、夢《ゆめ》や目標を書いておくと叶《かな》う確率《かくりつ》が上がる、と噂《うわさ》されている。

「願いを叶《かな》えるアプリに、彼氏《かれし》の浮気回数《うわきかいすう》を記録するのもどうかと思うけど？」

瑠璃子《るりこ》が呆《あき》れて見ている前で、千晶《ちあき》はアプリに日づけと時間を入力した。

翌朝《よくあさ》は、梅雨《つゆ》の気まぐれか、晴れているのに突然雷《とつぜんかみなり》が鳴り、登校途中《とうこうとちゅう》だった多くの生徒は傘《かさ》を持たず、土砂降《どしゃぶ》りの雨に見舞《みま》われた。

千晶《ちあき》も頭からびっしょり濡《ぬ》れて教室に入る。

「おはよう、千晶《ちあき》。雨すごかったね」

「うん、もうビショビショだよ」

瑠璃子《るりこ》は部活で使うタオルで頭を拭《ふ》き、千晶《ちあき》もそのタオルを借りて頭を拭《ふ》いた。自分のタオルは机《つくえ》に広げて、ふたりのペンケースやスマートフォンなど濡《ぬ》れた小物を並《なら》べることにした。

「制服《せいふく》が濡《ぬ》れた子は、体育のジャージで授業《じゅぎょう》を受けてもいいって。千晶《ちあき》も着替《きが》えるでしょ？　ロッカーからジャージとってきてあげる」

瑠璃子《るりこ》はそう言って、教室のうしろにあるロッカーへ向かった。

千晶《ちあき》はふと寛弥《ひろや》を見る。

寛弥《ひろや》は千晶《ちあき》に見られているとも知らず、スマートフォンを取り出してメールを確認《かくにん》する。ニコリともしない。一回スクロールしたあと、そっけなくスマートフォンをカバンに戻《もど》した。まったく笑わなかったのだ。

(私《わたし》、さっきメールしたのに！　私《わたし》のメールはうれしくないの⁉)

千晶《ちあき》は一瞬《いっしゅん》カッとなったものの、送信エラーかもしれないと思い直し、送信ボックスを確認《かくにん》することにした。

スマートフォンを手に取って、四桁《けた》の数字を組み合わせたパスコードを入力する。ところが、出てきたのは見慣《みな》れない画面だった。例のメモアプリの文字が見える。

【期末テスト目標、英語四十点以上、数学三十五点以上。国語は平均点《へいきんてん》を超《こ》えること】

(これ瑠璃子《るりこ》のスマートフォンだ)

同時期にスマートフォンを購入《こうにゅう》したふたりは、同じ機種を使っている。ふだんはカバーをしているので見分けがつくが、今は、本体とカバーの間に水が入ったので、ふたりともカバーを外して机《つくえ》の上に置いていた。

(それにしても……、目標点が低い！　低すぎる)

千晶《ちあき》は、どの教科も定期テストで七十点を下まわることはなく、瑠璃子《るりこ》も同じくらいだと思っていた。いや、同じくらいだと瑠璃子《るりこ》が言っていたのだ。

瑠璃子《るりこ》が戻《もど》ってくる。千晶《ちあき》はとっさにスマートフォンを裏向《うらむ》けにしてタオルの上に戻《もど》した。

(今までテストのたびに瑠璃子《るりこ》は、私《わたし》に話を合わせていただけなんだ。気をつかっていたのかな。無理をしていたのかな)

瑠璃子《るりこ》はどんな思いで今まで自分と接《せっ》していたんだろう、そんなことを考え始めると、なかなかふだん通りに接《せっ》することができない。その日はずいぶん疲《つか》れてしまった。

千晶《ちあき》の複雑《ふくざつ》な思いは、夜、布団《ふとん》に入ってからも続いた。

(瑠璃子《るりこ》と寛弥《ひろや》と三人で同じ大学に通うのは無理だな。受験勉強を頑張《がんば》らずに、瑠璃子《るりこ》と同じ大学に行くか、頑張《がんば》って寛弥《ひろや》と同じ大学に行くか……)

千晶《ちあき》はそこで気がついた。

「私《わたし》、どうして瑠璃子《るりこ》のホーム画面、見ることができたんだろう」

四桁《けた》の数字を入力するパスコードロックは、確《たし》かにかかっていたはず。

千晶《ちあき》は自分のパスコードである「１１２４」、寛弥《ひろや》の誕生日《たんじょうび》を入力したというのに。

猫《ねこ》

カチャリと音がして、子ども部屋のドアが開く。

「もう。またいたずらして」

机《つくえ》に向かって勉強をしていた美由《みゆ》は、ため息をついて椅子《いす》から立ち上がった。

そっとドアを開けたのは、猫《ねこ》のシロだ。廊下《ろうか》から、ひょいと飛び上がってドアノブに前足をかけ、器用にドアを開ける。

「シロ。どこ?」

美由《みゆ》はドアを押《お》し開けて、シンと静まった廊下《ろうか》を見渡《みわた》した。だが、シロの姿《すがた》はない。

かくれんぼをしているつもりなのだろう。首につけた鈴《すず》が、どこかでチリンと鳴る。

「今は遊んでいられないの。またあとでね」

美由《みゆ》はそう言ってドアを閉《し》めた。

毎日くり返される、シロのいたずら。ちょっと面倒《めんどう》だが、シロがこっそりドアを開けては隠《かく》れる姿《すがた》を想像《そうぞう》するとかわいい。

シロは、美由《みゆ》が生まれる前から家にいる白猫《しろねこ》だ。たぶん、十五歳《さい》にはなっている。

美由《みゆ》の写真には、小さなころからいつもシロの姿《すがた》が写っていた。

まだ赤《あか》ん坊《ぼう》の美由《みゆ》をあやすように、長い尻尾《しっぽ》を振《ふ》るシロ。美由《みゆ》の頬《ほお》についたごはん粒《つぶ》を、ペロリとなめるシロ。ランドセルを背負《せお》った美由《みゆ》をうれしそうに見あげるシロ。

シロは、どんな時も美由《みゆ》のそばにいてくれた。お母さんがお父さんと離婚《りこん》して家を出て行ってしまった時も、美由《みゆ》を慰《なぐさ》めるように寄《よ》り添《そ》っていてくれたのだ。

その夜も、美由《みゆ》は背後《はいご》でドアがそっと開くのを感じた。暗い廊下《ろうか》から部屋へ入ってくる、シロの気配も感じる。美由《みゆ》は顔を上げ、振《ふ》り返ってほほえんだ。

「また来てくれたの？　シロ。……事故《じこ》で死んでから、もう二年もたつのに」

腐《くさ》って骨《ほね》が浮《う》き出たシロが、美由《みゆ》の足に体をすりつけ、「ニャア」と鳴いた。

幸福の鏡

少女は悲しみにしずんでいた。飼《か》っていたリスが、突然《とつぜん》死んでしまったのだ。

少女は、美しい花柄《はながら》のハンカチに包んだリスの遺体《いたい》を両手のひらに乗せ、しばらく話しかけていたが、やがてあきらめたように庭の土に穴《あな》を掘《ほ》り始めた。

すると、小さなスコップの先に、何やら手ごたえを感じた。不思議に思って掘《ほ》り進めると、古びた箱が出てきた。少女は、錆《さ》びついたその箱を開けてみた。中には、汚《よご》れた小さな手鏡と、すっかり黄ばんだ紙切れが入っていた。

紙切れには、こう書いてあった。

『これは、幸福の鏡。この鏡に自分の顔を映《うつ》しながら願いごとをすると、その願いが叶《かな》う。ただし、一度願ったら、必ず毎日ひとつは願いごとをしないと不幸になる』

少女はこの不思議な鏡に、何とも言えない不気味さを感じたが、彼女《かのじょ》には今、どうしても叶《かな》えて欲《ほ》しい願いがあった。そこで、こわごわ鏡に自分の顔を映《うつ》しながら、リスが生き返ることを願ったのだ。

鏡は、わずかにキラッと光ったように見えた。すると、ハンカチに包んでいたはずのリスが、もぞもぞと動き出したのだ。少女があわててハンカチをよけると、リスは何ごともなかったかのように生きていて、愛くるしい瞳《ひとみ》で彼女《かのじょ》を見上げた。少女は歓喜《かんき》のなみだを流し、この不思議な鏡に深く感謝《かんしゃ》したが、時間がたつにつれて不安を感じ始めた。必ず毎日ひとつは願いごとをしなくてはならないなんて、大丈夫《だいじょうぶ》かしら?

しかし、そんな心配は無用だった。高校一年生の少女にとって、願いごとは豊《ゆた》かな泉《いずみ》のように、次から次へと湧《わ》き出てくるものだった。

最初は遠慮《えんりょ》がちだったその内容《ないよう》は、どんどんエスカレートしていった。「テストの成績《せいせき》が上がりますように」が、やがて「クラスで一番になれますように」となり、ついには「学年で一番」、さらには「全国で一番」になることを願った。

もちろん勉強以外にも、自分の容姿《ようし》について、恋愛《れんあい》について、友だち関係について、あれが欲《ほ》しい、これが欲《ほ》しい……と、願いごとは尽《つ》きなかった。

控《ひか》えめな性格《せいかく》だった少女はいつしか、とてもわがままになっていた。そのせいで友だちが離《はな》れていっても、鏡に願えば、すぐにまた新しい友だちが現《あらわ》れる。何も怖《こわ》くなかった。それと同時に、自分のことを願うのに少し飽《あ》き始めてもいた。

ある時、少女は自分よりもクラスで目立っている、野村《のむら》さんという女子に目をつけた。彼女《かのじょ》は、何につけても自分よりおとっているのに、いつも人に囲まれていて、はじけるような笑顔を振《ふ》りまいている。

「野村《のむら》さんが不幸になりますように」

少女は初めて、鏡に他人のことを願った。

次の日、少女はその願いがさっそく叶《かな》ったことを知った。野村《のむら》さんの両親が交通事故《こうつうじこ》にあい、亡《な》くなってしまったのだ。野村《のむら》さんはどこか遠い親せきのもとへ引き取られることとなり、すっかり疲《つか》れきった顔をして転校していった。

それ以来、少女は鏡に他人の不幸を願うようになった。願いはおもしろいほどよく叶《かな》った。そのたびに、傷《きず》つき、疲《つか》れはてた人の顔を見ることが、少女の一番の楽しみとなった。

新たな願いごとをしようと鏡をのぞき込《こ》んだある日、少女は恐《おそ》ろしい事実に気づいた。鏡の中にあるその顔は、いつのまにかみにくくゆがんでいて、かつて外国の絵本で見た悪魔《あくま》そのものだったのだ。おどろいた彼女《かのじょ》の手からすべり落ちた鏡は粉々に割《わ》れてしまい、顔を元に戻《もど》して欲《ほ》しいという願いを叶《かな》えてはくれなかった。

その日から、少女は自分を悪魔《あくま》の化身だと言うようになった。しかし、周囲の人の目には、前と変わらない姿《すがた》に見えた。そのため、少女はおかしくなってしまったのだと決めつけられ、家の中へ閉《と》じ込《こ》められるようになった。

ある夜、父親のたばこの不始末により、少女の家が火事に見舞《みま》われた。気づいた少女は部屋の内側から激《はげ》しくドアを叩《たた》いたが、そのまま取り残されてしまったのだった。

ラジオ体操《たいそう》

「駅から徒歩二十分。少し遠いですが、環境《かんきょう》はバツグンですよ。何といっても目の前が公園です。朝、小鳥たちのさえずる声で目を覚ますなんて、最高じゃないですか」

不動産屋の主人が窓《まど》を開ける。

「どうぞ、ベランダに出てみてください」

うながされて、男はベランダに出た。

本当だ。目の前はちょっとしたイベントができる広場になっていて、そのまわりは見《み》渡《わた》す限《かぎ》り、木々の緑で覆《おお》いつくされている。

遠くからは鳥の声が聞こえてくる。

こうしてベランダから見る景色は、今住んでいる都会の真ん中とは大ちがいだった。

何せ今、窓《まど》を開けて見えるのは、隣《となり》のマンションの壁《かべ》なのだ。聞こえてくるのは、高速道路を走る車の音ばかりだった。

うん、ここはいい、と男は思った。

夜遅《よるおそ》くまで仕事に追われる毎日だった。生活空間が自然に囲まれていれば、心が癒《いや》されるはずだ。仕事にも意欲《いよく》が湧《わ》いてくるだろう。

「ここにします」

こうして男は、公園前のマンションに引《ひ》っ越《こ》すことにしたのだ。


ところが、夢見《ゆめみ》ていた生活は引《ひ》っ越《こ》した翌朝《よくあさ》から打ち消される。

朝六時半。

昨日《きのう》の疲《つか》れがとれないままベッドの中でスウスウと寝息《ねいき》を立てていると、窓《まど》の外から、

「おはよーございます！」

「おはよーございます！」

と、大きな声が聞こえるのだ。

な、なんだ。どうしたってんだ。

窓《まど》の外から聞こえてくる大勢《おおぜい》の人たちの「おはよーございます！」で、男は夢《ゆめ》の世界から、一気に現実《げんじつ》へ引き戻《もど》された。

「今朝《けさ》も元気にまいりましょう。ラジオ体操《たいそう》、第一！」

♪チャン、チャーカ、チャチャチャチャチャ

♪チャン、チャーカ、チャチャチャチャチャ

「え、なんだよ。どうなってんだよ」

マンションのベランダから見える公園の広場、そこで毎朝「ラジオ体操《たいそう》」が行われているのだ。

――あの不動産屋のオヤジ、そんなコト言ってなかったぞ。

怒《いか》りが込《こ》み上げてきたが、こうして引《ひ》っ越《こ》してしまった。

男はカーテンを少し開け、外をのぞく。

見えたのは老人たちが元気よく、手足をグルグルと動かしている姿《すがた》だった。

ハツラツとした姿《すがた》を見ているうちに男はめまいがしてきた。昨夜は引《ひ》っ越《こ》しの片《かた》づけをしており、寝《ね》たのは午前二時過《す》ぎだった。つまりまだ四時間くらいしか眠《ねむ》れていない。

ウソだろ。

こんなコトってアリなのか。

再《ふた》びベッドに戻《もど》った男は、布団《ふとん》にもぐり込《こ》んで両手で耳をふさぐ。けれど……。

♪チャン、チャーカ、チャチャチャチャチャ

ラジオ体操《たいそう》は布団《ふとん》の中まで聞こえてきてしまう。

どうしよう。どうしたらいいのだろう。

聞こえてくるラジオ体操《たいそう》に、男は途方《とほう》に暮《く》れるしかなかった。

引《ひ》っ越《こ》してから三日後。

今朝《けさ》も六時半に、男の部屋にあの音が聞こえてくる。

♪チャン、チャーカ、チャチャチャチャ……

うるさい！　うるさい！　うるさい！

男は完全に目がさえていた。もはや目覚まし時計なんて必要ないのだ。

もう我慢《がまん》できない。直接《ちょくせつ》、クレームを言ってやる。

公園の広場に向かうと、今朝《けさ》のラジオ体操《たいそう》は終わっていた。

「ここの責任者《せきにんしゃ》はだれだ！」

強い口調で老人たちに言い放つと、彼《かれ》らは不安そうな顔を見合わせる。

「私《わたし》ですが」と、その中のひとりが前に出ると、男は老人をにらみつけた。

「終電で帰ってきて、寝《ね》るのが毎晩《まいばん》二時過《す》ぎなんだよ。一分でも長く寝《ね》ていたいのに、なぜお前たちはオレの眠《ねむ》りの邪魔《じゃま》するんだ！」

すごい剣幕《けんまく》で怒鳴《どな》り込《こ》んできた男に、毎朝ここでのラジオ体操《たいそう》を習慣《しゅうかん》にしていた老人たちは困《こま》った顔をしているだけ。

「特に明日《あした》はなあ、早くから大事な商談があって、オレのサラリーマン人生がかかってんだよ。もうこれ以上、オレの安眠《あんみん》と、オレの人生の邪魔《じゃま》をしないでくれ!」

男の勢《いきお》いに押《お》され、老人たちは話し合いを始めた。

「わかりました。明日《あした》からは場所を移《うつ》すことにします」

「そうか。わかってくれればいいんだよ」

男は安心した。これで明日《あした》からゆっくりと眠《ねむ》ることができる。

翌朝《よくあさ》。

「ラジオ体操《たいそう》」に起こされずに済《す》んだ男は、ベッドの中でぐっすり眠《ねむ》っていた。

商談の時間はとっくに過《す》ぎていたにもかかわらず……。

運のいい男

「ぼくはね、とっても運がいいんだ」

それが男の口ぐせだった。

男の生《お》いたちは、どちらかというと不運だった。実の両親を早くに亡《な》くし、貧《まず》しい思いをして暮《く》らしていた時期もあった。

しかし、十二歳《さい》で大企業《だいきぎょう》の社長夫婦《ふうふ》の養子となってからは、何不自由なく暮《く》らせるようになった。その後、養父の引退《いんたい》にともなって、三十歳《さい》という若《わか》さで社長の座《ざ》についた。

社長となった男は、小学校時代に同級生だった女性《じょせい》を秘書《ひしょ》として雇《やと》った。

実はこの女性《じょせい》は、男がのちに養父母となる夫妻《ふさい》に初めて会った時、たまたまそばにいた。そして、口下手《くちべた》な男の代わりに、男の長所を上手《じょうず》にアピールしてくれたのだ。それが決め手となって、男は養子に迎《むか》えられたのだった。

この時の感謝《かんしゃ》の気持ちを、男は忘《わす》れたことがなかった。そこで、自分が社長になることが決まると同時に、何かお礼がしたいと彼女《かのじょ》に連絡《れんらく》したのだ。

すると彼女《かのじょ》は、自分を社長秘書《ひしょ》として雇《やと》って欲《ほ》しいと言った。それで、男はこの願いを受け入れたのだった。

彼女《かのじょ》は見た目こそ地味だが、とても優秀《ゆうしゅう》な秘書《ひしょ》だった。

男が何かしようとする時、一切《いっさい》のとどこおりがなく物事が進むのは、すべて彼女《かのじょ》の働きによるものだった。

「次の予定はどうなってる？」

「はい。次は三時から会議が入っております」

「三時？　ずいぶん空くなあ」

「はい。ですから、今日は、あちらのレストランでゆっくりと昼食をとられてはいかがでしょうか？　たまにはリフレッシュも必要です」

「うむ。まあ、きみがそう言うなら」

男は秘書《ひしょ》に言われるまま、高級レストランでゆったりと昼食をとることにした。すると、そこで海外の一流《いちりゅう》企業《きぎょう》の社長にばったりと出会ったのだ。その人物とは、かねてから会って商談をしたいと思っていたが、タイミングが合わず、なかなか約束をとりつけることができないでいた相手だった。

この日、リラックスした空気の中で共に昼食を楽しんだふたりの社長は意気投合し、大きな商談が成立したのだった。

「社長、おめでとうございます！　よかったですね」

「うん。本当にぼくって運がいいんだなあ」

そのうち、男は結婚《けっこん》を意識《いしき》するようになった。

「ぼくももう三十二歳《さい》かあ。ぼくが社長になってからも会社はますます安定しているし、そろそろ結婚《けっこん》相手《あいて》でも探《さが》したほうがいいかな」

と、男は秘書《ひしょ》に相談した。

「そうですね。恋人《こいびと》はいらっしゃらないようですが、どんな方がお望みですか?」

「うーん。そうだね、大企業《だいきぎょう》の社長としてふさわしい相手がいいなあ。ワッと話題になるような……」

「というと、芸能人《げいのうじん》でしょうか?」

「ああ、いいかもしれないね」

「映画《えいが》を中心に活躍《かつやく》している女優《じょゆう》はいかがでしょう? 二十代後半くらいの。この方なんか気品もあって、社長夫人としてもふさわしそうですよ」

「ああ、顔くらいは知ってるよ。きれいな人だね。こんな人と結婚《けっこん》できたらいいだろうなあ」

そうは言ったものの、男はもちろん本気ではなかった。自分はビジネスの世界ではそこそこ有名かもしれないが、芸能界《げいのうかい》とは無縁《むえん》な人間だ。女優《じょゆう》と結婚《けっこん》なんて夢《ゆめ》みたいなこと、そんなかんたんに叶《かな》うはずはない。

しかし、数日後、まさに奇跡《きせき》のようなタイミングで男はその女優《じょゆう》に会うことができた。そして、その機会を逃《のが》さずに彼女《かのじょ》を食事に誘《さそ》った。そこは、身分が明らかな人しか立ち入れないパーティーの席だったので、彼女《かのじょ》も安心して連絡先《れんらくさき》を交換《こうかん》してくれた。

「ああ、ぼくはやっぱり運がいいんだなあ。こんなに運がいいとなると、ちょっと心配になるくらいだよ」

次の日、男は秘書《ひしょ》に向かってうれしそうに笑った。秘書《ひしょ》はいつも通り、男に合わせて彼《かれ》の運のよさをたたえていたが、その顔色はすぐれなかった。

一週間後、男は秘書《ひしょ》が予約してくれた店で、例の女優《じょゆう》と食事をした。彼女《かのじょ》が主演《しゅえん》した映画《えいが》のDVDを観《み》てから行ったので、会話には困《こま》らなかった。もちろん、それを用意してくれたのも秘書《ひしょ》だった。

いろいろな話をするうち、男は、自分がいかに強運かについて語り出した。

「ね、ぼくって、とても運がいいでしょう?」

「ほんとですね。そんなにタイミングのいい方、初めてお聞きしました」

「そうでしょう。こうして、あなたとお会いすることもできましたし」

「ええ。あなたのような方とおつき合いしたら、きっと運がよくなるんでしょうね」

「そうかもしれませんよ」

こうして、男は、女優《じょゆう》と時々食事をする間柄《あいだがら》になった。このままいけば、恋人《こいびと》になれるのも時間の問題かもしれない。ああ、ゆくゆくはあの人がぼくの妻《つま》になるのかなあ。

やっぱりぼくって、運がいいんだな。

男がそんなことを考えていた時、携帯電話《けいたいでんわ》が鳴った。秘書《ひしょ》が、過労《かろう》で倒《たお》れて病院に運ばれたという知らせだった。

病院に駆《か》けつけると、秘書《ひしょ》はぐったりした様子で点滴《てんてき》を打たれていた。

「大丈夫《だいじょうぶ》かい？」

男が声をかけると、秘書《ひしょ》は弱々しく笑った。

「ご心配をおかけして申しわけありません！　社長、本日は午後のご予定が詰《つ》まっていたはずですが……」

「全部キャンセルしたよ。きみが倒《たお》れたっていうのに、放っておけない」

その言葉を聞いて、秘書《ひしょ》は少しうれしそうな顔をした。

「いいかい？　会社のことは心配しなくていい。きみは、少しゆっくり休んでくれ。元気になったら、また戻《もど》ってきてくれればいいから」

「でも、秘書《ひしょ》の仕事は……」

「大丈夫《だいじょうぶ》だよ。だれか代わりの者を立《た》てる。ぼくがとっても運がいいことは、きみもよく知ってるだろ？　きみが休んでいる間に、会社をもっと大きくしてみせるよ」

男はそう言って、秘書《ひしょ》に長期の休暇《きゅうか》をとらせたのだった。

しかし、秘書《ひしょ》が休んだとたん、男はあらゆることにストレスを感じるようになった。今まで何も考えなくてもスムーズにできていたことが、なかなかうまく進まなくなってしまったのだ。もちろん、秘書《ひしょ》の代理は立てていたが、彼女《かのじょ》のようにムダのないスケジュールを組むことは、本来なかなか難《むずか》しいことだったのだ。

しかも、ちょくちょく起こっていた奇跡《きせき》のようなタイミングのよさも、うそのようになくなってしまった。

いったいどうなっているんだ？ ぼくの強運が、一気にどこかへ去ってしまったのだろうか？ 男は頭を抱《かか》えた。

それからわずかな期間で、会社の経営状況《けいえいじょうきょう》が悪化してしまった。このままいくと、規《き》模《ぼ》を縮小《しゅくしょう》しなくてはならない。こんなことは、男が社長になってから初めてだった。

しばらくたって、ようやく時間ができ、久《ひさ》しぶりに女優《じょゆう》と食事へ行くことになった。秘書《ひしょ》の代理に頼《たの》んで予約してもらった店は雰囲気《ふんいき》がいまひとつで、彼女《かのじょ》も居心地《いごこち》が悪そうだった。そのうえ、男は日々の仕事で疲《つか》れていたこともあって、つい仕事のグチが多くなってしまった。

「きっと今だけよ。だって、あなたはとっても運のいい方なんでしょう？」

女優《じょゆう》が言うと、男はうなだれたまま頭をゆっくりと横に振《ふ》った。

「そんなことは……最初からなかったのかもしれない」

女優《じょゆう》はその日も、きれいなほほえみを浮《う》かべてはいたが、それ以降《いこう》は食事に誘《さそ》っても、何かと理由をつけて断《ことわ》られるようになった。


男はすっかり考え込《こ》んでしまった。

ぼくは、もともとそんなに運がよかったわけではなかったのか？

運がいいと思うことが起こる時、そばには必ず秘書《ひしょ》がいた。そして、彼女《かのじょ》がいなくなった今、ぼくはまるで運に見放されてしまったようだ。

なんとなく秘書《ひしょ》の机《つくえ》を眺《なが》めていた時、たまたまそこに残されていたメモを見つけた。

そこには、例の女優《じょゆう》と出会ったパーティーの情報《じょうほう》が細かく記されていた。

そうか。今まで起こった奇跡《きせき》のようなタイミングは、いつも彼女《かのじょ》が事前に調べて、計画してくれていたものなんだ。

男は、メモを握《にぎ》りしめたまま、休暇中《きゅうかちゅう》の秘書《ひしょ》のもとを訪《たず》ねた。

「社長、お久《ひさ》しぶりです。だいぶお疲《つか》れのようですね」

「ああ、きみがいなくなってから、会社のことも何もかもうまくいかなくてね」

「そうでしたか。でも、社長ならきっと大丈夫《だいじょうぶ》ですよ。運のいい方ですから」

「確《たし》かに、今でもぼくは自分のことをとっても運のいい男だと思っているよ。だって、きみと出会えたんだから」

「えっ？」

「どうやらぼくは、きみと出会うことで強運を使いはたしてしまったらしい。これから先は、きみの運を分けてくれないか？」

こうしてふたりは結婚《けっこん》し、力を合わせて会社を立て直していった。

続き

みんな、電車に乗っている時、何してる？

変わってると思われるかもしれないけど、僕《ぼく》はスマートフォンを見ているのは好きじゃない。実際《じっさい》スマートフォンは持っているけど、電車の中のほとんどの人が見ているから、同じことはしたくないなと思ってね。ゲームとかSNSも、楽しいのはわかっているけど、それ以上に今はまっているのは読書なんだ。

学校の朝読書もいいけど、電車の中で読書に夢中《むちゅう》になると、あっというまに目的の駅に着くから、僕《ぼく》にとって本は、タイムマシンみたいな存在《そんざい》だ。

なのに、ついこの間、うっかり本を持って行くのを忘《わす》れて電車に乗ってしまった。

これはその時に起こった話だ。

学校までは電車で三十分かかる。これは僕《ぼく》の貴重《きちょう》な読書タイムでもあるから、カバンに一冊《いっさつ》、その日に読む本を入れている。

ところが、寝坊《ねぼう》してしまって、起きた時にはもう家を出なければいけない時間だったんだ。あわてて着替《きが》えて、朝ごはんも食べずに家を飛び出した。

読みたい本がカバンに入っていないと気がついたのは、駅のホームで電車が来るのを待っていた時だ。昨日《きのう》、一冊《いっさつ》を読み終えたので、いつもなら新しい本に入れ替《か》えて家を出るはずなのに、それを忘《わす》れていたというわけだ。

やれやれ、困《こま》ったなあ、と思いながら、電車の座席《ざせき》に座《すわ》った。あ、ちなみに僕《ぼく》が乗る駅は始発駅だから、ちょっと並《なら》んでいれば余裕《よゆう》で座《すわ》っていけるんだ。

しかたないけど、スマートフォンでもいじって時間をつぶそうかな。それとも、定期テストが近いから教科書でも読んで……と思っていたら、僕《ぼく》の横に三十代くらいの男の人が座《すわ》った。

朝の通勤《つうきん》ラッシュ時間だから隣《となり》に人が座《すわ》るのは当たり前だけど、その人はスーツ姿《すがた》ではなかった。七三に分けた長めの髪《かみ》。黒縁《くろぶち》のメガネをかけていて真面目《まじめ》そうな感じがした。緑のチェックのシャツ、茶色のチノパン。いたってふだん着ってファッションなんだけど、この時間に電車に乗っているのだから仕事に向かうんだろうな。

その人はカバンから文庫本を取り出した。革製《かわせい》のブックカバーをしていたから本のタイトルはわからなかったけど、高そうなブックカバーだったから、本好きな人なんだろうと思った。

発車ベルのあと、プシューとドアが閉《し》まる。

その人は、手にした文庫本をゆっくりと開いた。最初のページからじゃなく、しおりが挟《はさ》んであったページから読み始めた。

隣《となり》に座《すわ》っていたから、文字をしっかりと読むことができた。けど、表紙は見えないし、それぞれのページにタイトルらしきものがないから、この本が何であるかは、やっぱりわからなかった。

ぱっと見たところ、ページにびっしりと文字があるわけでもなく、セリフも多いから読みやすそうな本だな……そう思ったら、その本を読みたくなってしまった。だって僕《ぼく》はその日、自分の本を忘《わす》れてきてしまっていたからね。

というわけで（途中《とちゅう》からだったけれど）その人が読んでいる本を、横からおすそわけしてもらって、ちょっと変わった車内の読書をすることになったんだ。

本の内容《ないよう》はだいたいこんな感じ。

洋館に、四人の男が泊《と》まっていた。鍵《かぎ》がかけられており、ほかの人が中に入ることはできない。

四人のうち、ひとりのXという男が、夜の間に一階の居間《いま》で殺される。

翌朝《よくあさ》、起きてきた残りの三人が、血を流して倒《たお》れているXを発見。死亡推定時刻《しぼうすいていじこく》は、Xがスマートフォンを使っていた履歴《りれき》から、午前一時ごろと判断《はんだん》された。

Xを殺したのは、残った三人のうちのだれかだ。全員、昨晩《さくばん》は二階にいた。

Aは言う。「私《わたし》は昨晩《さくばん》ずっと、Bの部屋にいた。だから、私《わたし》の昨晩《さくばん》のアリバイはBが証明《しょうめい》してくれる」

「うん、Aは確《たし》かに、オレの部屋にいて、午前二時に寝《ね》たな」とBは言う。

「ちょっと待て、Aは昨晩《さくばん》、私《わたし》の部屋にいたぞ。三時には自室に戻《もど》っていったが」と、Cが新しい証言《しょうげん》。

話が混乱《こんらん》してくる。

隣《となり》の男の人が持っている本は、おそらくミステリーの短編集《たんぺんしゅう》だ。閉《と》ざされた空間で、だれかが殺され、「犯人《はんにん》はこの中にいる!」と探偵《たんてい》が推理《すいり》するのだろう。

僕《ぼく》も、本の世界に入り込《こ》んで、謎解《なぞと》きに参加していた。

Aが同じ時間に両方の部屋にいたことはないだろう。となるとBかCの、どちらかがウソを言っている可能性《かのうせい》があるな。

AとBが共犯《きょうはん》でXを殺したとしたら、一緒《いっしょ》にウソをついているかもしれないし。

う〜ん。

朝から頭をフル回転させても、僕《ぼく》の頭脳《ずのう》では事件《じけん》を解決《かいけつ》することは無理みたいだ。

男の人がページをめくる。僕《ぼく》はすっかり、このミステリーに引き込《こ》まれていた。

ところが、困《こま》ったことが起きた。

「まもなく、本町、本町です」と車内アナウンスの声。

わ、どうしよう。すっかり本に夢中《むちゅう》になって気がつかなかったけれど、電車はスピードを落とし、僕《ぼく》が降《お》りる駅に到着《とうちゃく》しようとしている。

もう一度、本を横目で見る。

やっぱり、いよいよ探偵《たんてい》の登場だった。

居間《いま》に男たちが集まって、これから真実が明らかになる、というのに……。

ああどうしよう、とあせったよ。謎解《なぞと》きを知りたいのに、もうすぐ電車を降《お》りなければいけない。

「あの、すみません」

思い切って、僕《ぼく》は隣《となり》で本を読んでいる男の人に話しかけた。彼《かれ》は「え?」とおどろいた顔をしている。

「実は、さっきから……その本を横から盗《ぬす》み読みしてまして。でも僕《ぼく》、もう電車を降《お》りなくちゃいけないんです。どうしても、その続きが知りたくて……。申しわけありませんが、その本のタイトルを教えていただけないでしょうか。あとで買って読みたいんです」

僕《ぼく》の必死なお願いが、その人に通じたのだろう。彼《かれ》はフフフ、と笑って、読んでいる文庫本を革《かわ》のカバーから外した。

「この本はもう何十回も読んでいるから、君にあげるよ」

そう言って、僕《ぼく》の手にポンと渡《わた》してくれたんだ。

「えっ、でも」

「いいんだ。君に読んでもらえたら、本も作者も喜ぶよ。ほらドアが閉《し》まっちゃう」

「あ、ありがとうございます！」

僕《ぼく》はお礼を言って電車を降《お》りた。手にはさっきまで盗《ぬす》み読みしていた文庫本があった。

おかげで僕《ぼく》は、このミステリーの謎解《なぞと》きを読むことができた。

Aと殺されたXは、顔がそっくりな双子《ふたご》だった。

AはXにいたずらを提案《ていあん》。Xは双子《ふたご》であるAのフリをしてCの部屋にいた。スマートフォンまで入れ替《か》えていて、XのスマートフォンはAが午前一時で使用を止めていた。三時になって、Cの部屋を出たXは、Aによって殺されたのだ。親の遺産相続《いさんそうぞく》でもめていたことが、殺人の動機だった。

なかなかおもしろい本だな、どんな人が書いたのだろう。

そう思って本のカバーにあった著者紹介《ちょしゃしょうかい》の写真を見て、僕《ぼく》は「あっ」と叫《さけ》んでしまった。

電車でこの本をくれた男の人が、笑っていたんだ。

予《よ》知《ち》夢《む》

「今朝《けさ》の事故《じこ》さぁ、運転手は道路に飛び出してきた猫《ねこ》をよけようとしたんだってな」

生徒のおしゃべりがにぎやかな朝の教室で、前の席の一樹《かずき》が言った。沙奈《さな》の机《つくえ》にひじをついて、間近から沙奈《さな》を見ている。

「うちの高校の前であんな事故《じこ》が起きるなんて、ゾッとするよな。沙奈《さな》、見たんだろ?」

「うん。私《わたし》、猫《ねこ》のせいで事故《じこ》が起こること、知ってた。だって見たんだもん。夢《ゆめ》で」

暗い表情《ひょうじょう》でそう切り出した沙奈《さな》の言葉を聞いて、一樹《かずき》が笑う。

「また沙奈《さな》の得意な予知夢《よちむ》の話か。ここんとこずっと、その話ばかりだな」

「笑わないでよ。本当なんだから。横断歩道《おうだんほどう》の前で黒い猫《ねこ》を見た時、あっ、夢《ゆめ》の中の猫《ねこ》だって気がついた。そうしたら、やっぱり。赤い車があわててクラクションを鳴らすと、猫《ねこ》は一瞬《いっしゅん》立ち止まって反対側の茂《しげ》みの中へ姿《すがた》を消したの」

「そして、猫《ねこ》をよけようとした赤い車が、前方から来た白い車と正面衝突《しょうめんしょうとつ》した？」

「そう。何から何まで夢《ゆめ》と同じ」

沙奈《さな》は眉《まゆ》をひそめ、真顔でつぶやいた。

「どうして私《わたし》、これから先に起こることを夢《ゆめ》で見るのかな。なんだか、自分が怖《こわ》い」

沙奈《さな》の話を聞いていた一樹《かずき》が、軽い調子で言う。

「だれだって『あれ？　この場面を夢《ゆめ》で見たぞ』って思うことはあるよ。沙奈《さな》は、気にしすぎなんだよ」

「そんなレベルの予知夢《よちむ》じゃないの。不吉《ふきつ》すぎるから、こんなことだれにも話せない。子どものころから悩《なや》んでいるけど、家族にだって話をしていないんだから」

「俺《おれ》にだけ、秘密《ひみつ》を打ち明けてくれてるってこと？」

「うん。そう。一樹《かずき》に告白するのも勇気が必要だったけど、話してよかった」

一樹《かずき》とは、高校二年生の時からつき合ってもう一年になる。三年生から同じクラスになり、二年生の時よりもふたりで過《す》ごすことが多くなった。苗字《みょうじ》も宮越《みやこし》と宮田《みやた》だから、名簿順《めいぼじゅん》の席も前後。登下校も一緒《いっしょ》で、ほかの生徒から仲のよさを冷やかされている。

内向的で、思っていることをなかなか口に出せない沙奈《さな》と、外交的で、自信家の一樹《かずき》。ふたりの性格《せいかく》は正反対だ。

「沙奈《さな》の予知夢《よちむ》ってさ、いいことは教えてくれないの？　たとえば、次の土曜日、俺《おれ》が沙奈《さな》をデートに誘《さそ》おうとしていることとか」

一樹《かずき》は映画《えいが》のチケットを二枚《まい》、沙奈《さな》に見せて言った。

「一緒《いっしょ》に行こうぜ。そのあと、沙奈《さな》と買い物をしたいんだ」

「何を買うの？」

「沙奈《さな》とおそろいのアクセサリー。ふたりでつけたいと思ってさ」

沙奈《さな》はおどろき、それから冗談《じょうだん》めかして言った。

「それって、いいことなの？」

「どう思う？」

からかうようにそう言って、一樹《かずき》は沙奈《さな》をじっと見つめた。

「俺《おれ》さ、決めたよ。沙奈《さな》が目指している都内の大学を、俺《おれ》も第一志望《しぼう》にしようと思う。ひとり暮《ぐ》らし、何かと不安だろ？　近くに住んだらいつでも一緒《いっしょ》にいられるし」

「ありがとう。でもね、一樹《かずき》。私《わたし》たち……」

その時、教室のドアが開いて教師《きょうし》が入ってきた。

「チェッ。もう授業《じゅぎょう》だ。この話の続きは土曜日に」

一樹《かずき》が笑って背《せ》を向けると、沙奈《さな》の顔から笑顔が消えた。暗い表情《ひょうじょう》で小さくつぶやく。

「一樹《かずき》は何も知らないから……」

もうすぐふたりの間に重大な変化が起きる。それを知っているのは沙奈《さな》だけなのだ。


「どうした？　浮《う》かない顔をして。何か飲み物でも買ってこようか？」

土曜日の午後。映画《えいが》を観《み》終わったあと、一樹《かずき》が上機嫌《じょうきげん》で沙奈《さな》に言った。

「映画《えいが》、すごくおもしろかったな。主人公とヒロインが悪役に追われてビルから真《ま》っ逆《さか》さまに落ちるところなんか、超《ちょう》リアルで鳥肌《とりはだ》が立った」

一樹《かずき》の言葉にうなずき、沙奈《さな》がため息をつく。

「映画《えいが》のワンシーンで、よかった……」

「どういう意味だよ?」

「ビルから男女ふたりが落ちる夢《ゆめ》を見たの。現実《げんじつ》に起こるんじゃないかって怖《こわ》かった」

「それで今日会うなり、高いところが怖《こわ》いって言ってたのか。俺《おれ》たちが落ちるんじゃなくてよかったたな」

一樹《かずき》が笑って言うと、沙奈《さな》は声を荒立《あらだ》てた。

「そんな単純《たんじゅん》な話じゃないんだから! 私《わたし》の予知夢《よちむ》は当たるの。昨日《きのう》、待ち合わせの場所に一樹《かずき》が来ない夢《ゆめ》を見た。そうしたら案の定、時間になっても一樹《かずき》は来なかったし」

「まあ、確《たし》かに寝坊《ねぼう》して遅《おく》れたけどさ。謝《あやま》ったじゃん。そんなに怒《おこ》らなくても」

「怒《おこ》ってるんじゃないよ。予知夢《よちむ》の話をしているだけ」

「またそれかよ」

一樹《かずき》はため息をつき、沙奈《さな》を見た。

「あのさ、もう予知夢《よちむ》の話、やめてくれないか？　沙奈《さな》は、何か悪いことが起こるたびに、前に夢《ゆめ》で見た、当たったたって言う。最近は俺《おれ》と一緒《いっしょ》にいても、暗い顔ばかりだ」

「だって、幸せな時ほど悪い予知夢《よちむ》を見るから……」

「俺《おれ》、ちょっと調べてみたんだけど、それって自己暗示《じこあんじ》だよ。心配や不安がいきすぎて、夢《ゆめ》に見る。そして、それに近いことが起こると、また予知夢《よちむ》の通りになったと思う」

一樹《かずき》は、熱心に言った。

「本当は、そこまで同じじゃないんだ。自分で都合よく記憶《きおく》の断片《だんぺん》を拾って、つじつまを合わせてるだけなんだよ。この間の事故《じこ》だって、きっとそうだ。沙奈《さな》が以前見た黒猫《ねこ》の夢《ゆめ》や衝突事故《しょうとつじこ》のニュースなんかの記憶《きおく》を、目の前で起きた事故《じこ》に全部重ねたんだ」

「じゃあ、映画《えいが》のことは？　そっくり同じシーンを、観《み》る前から知ってたよ？」

「話題作なんだから、公開前にどこかで予告動画を見てたんだよ。ＣＭとかでさ。衝撃《しょうげき》的《てき》なシーンが記憶《きおく》に残っていただけだ」

「ひどい。私《わたし》の予知夢《よちむ》の話を信じてくれてると思ってたのに」

「確《たし》かに、最初はそんなこともあるんだなって興味《きょうみ》を持ったよ。だけど、沙奈《さな》の話はいつもそこに行き着く。悪い夢《ゆめ》を見た、これは予知夢《よちむ》だって」

一樹《かずき》の顔に、うんざりしたような表情《ひょうじょう》が浮《う》かぶ。

「沙奈《さな》はあまりにも思い込《こ》みが強すぎる。まるで、悪いことが起きるのを待っているみたいだ」

「だって、予知夢《よちむ》を見るんだもん。悪いことが起こるなら、覚悟《かくご》していたほうがいい」

沙奈《さな》はそう言ってなみだを浮《う》かべた。

「……わかったよ。今日はもう帰ろう。ふたりでビルから落ちないうちに」

一樹《かずき》はため息をつくと、あきらめたように言った。

帰り道、ふたりの間にほとんど会話はなかった。

数日後、だれもいない放課後の教室で、沙奈《さな》は自分から気まずそうに視線《しせん》をそらす一《かず》樹《き》を見つめていた。これから何が起こるのか、沙奈《さな》にはわかっている。

「あのさ。沙奈《さな》にちゃんと言わなくちゃいけないと思って。俺《おれ》たちのつき合いだけど、もうこれ以上は続けていけないと思うんだ」

別れを切り出す一樹《かずき》の言葉を聞きながら、沙奈《さな》はかすれた声で小さくつぶやいた。

「そうだよね……。こんな私《わたし》じゃ、嫌《きら》われてもしょうがないね……」

沙奈《さな》はうつむき、自分の表情《ひょうじょう》を隠《かく》そうと両手で顔を覆《おお》った。一樹《かずき》に知られてはいけないからだ。別れがうれしくて、笑い出しそうなことを。

この数か月、見てもいない予知夢《よちむ》を見ると言い続け、この日が来るのを待っていた。とっくに嫌気《いやけ》がさしているのに、別れてくれない自信家の一樹《かずき》。常《つね》に一緒《いっしょ》にいたがるから自由がなく、息苦しくてしかたがなかった。おそろいのアクセサリーをつけようだとか、ましてや同じ大学に行って、近くに住むだなんてまっぴらだ。

「こうなること、わかってた。今までありがとう、一樹《かずき》……」

うまくいってよかった――。両手で顔を覆《おお》ったまま、沙奈《さな》はうっすらと笑った。

開かない

サバロニア国のクララ姫《ひめ》が賊《ぞく》にさらわれ、牢《ろう》に幽閉《ゆうへい》されたのは三日前のこと。

「救い出した者には、姫《ひめ》との結婚《けっこん》を許《ゆる》そう」

王様の言葉に立ち上がったのは、三人の勇者だった。彼《かれ》らは勇猛果敢《ゆうもうかかん》に戦い、次々と賊《ぞく》をなぎ倒《たお》して、ついにクララ姫《ひめ》が囚《とら》われている牢《ろう》の前までやってきた。

重厚《じゅうこう》な鉄のドア。その小窓《こまど》から姫《ひめ》が顔をのぞかせる。

「あなた方はサバロニアの勇者たちですね。よくぞわたくしを助けに来てくれました。さあ、このドアを開けて、わたくしをここから出してください」

最初に駆《か》けつけた勇者、ケルナベスが前に進み出る。

「姫様《ひめ》、このケルナベスが、助け出して差し上げます」

そう言って彼《かれ》は手にした剣《けん》でドアにかかった鍵《かぎ》を打ち落とし、取っ手に手をかけた。ところがどうしたことか、怪力《かいりき》で知られるケルナベスが力を込《こ》めて引《ひ》っ張《ぱ》っても、ドアはピクリとも動かない。「うむ、これはどうしたことか」

「では、わたしが」と代わったのは二番目に到着《とうちゃく》した勇者ナグタマラ。

「引くのではなかろう」と、それまで引《ひ》っ張《ぱ》っていたドアに体をぶつけるようにして押《お》し始めた。ところが、どれほど頑丈《がんじょう》なドアなのだろう。まったく動く気配がない。

「なあに、こんなドア、引いても押《お》してもダメなら、打ち壊《こわ》すまでのことよ」

そう力強く叫《さけ》んだのは三人目の勇者ビスタガルタだった。身長二メートルを超《こ》える大男は、手にした金棒《かなぼう》を鉄ドアに向けて振《ふ》り下ろした。ガン！　ガン！　ガガン！　音は響《ひび》くがドアには傷《きず》ひとつつかない。彼《かれ》の金棒《かなぼう》はグニャリと曲がってしまった。ウウム開かない、と、なすすべなく鉄扉《てっぴ》の前で三人の勇者はうなだれてしまった。

「勇者たちよ。どうやら、あなた方には知恵《ちえ》がなかったようです」

クララ姫《ひめ》はドアを横にスーッと開け、外に出てきたのだった。

なんでも質問箱《しつもんばこ》

美紀《みき》がその便利な質問《しつもん》コーナーを見つけたのは、面倒《めんどう》な宿題をしている時だった。

「あー、もう。嫌《いや》になっちゃった。こんなに努力してるのに、成績《せいせき》は上がらないし」

頑張《がんば》ることがむなしくなった。自分の部屋の椅子《いす》に寄《よ》りかかり、ため息をつく。

「だれか答えを教えてくれないかなぁ。インターネットで答えを検索《けんさく》できるといいのに」

あきらめ半分でスマートフォンを手に取り、インターネットサイトを眺《なが》めた。

「ん?『なんでも質問箱《しつもんばこ》』だって。どうやって使うんだろう、このコーナー」

『知りたいことをなんでも質問《しつもん》してみよう! 知っている人は答えよう!』とある。

「このコーナーで質問《しつもん》をすると、だれかが答えてくれるってことか」

人気の質問《しつもん》は、芸能人《げいのうじん》のこと、恋愛《れんあい》のこと、健康のことだった。「猫《ねこ》を猫《ねこ》と初めて名づけた人はだれですか?」とか、「授業中眠《じゅぎょうちゅうねむ》くならないようにするにはどうしたらいいですか?」など、どんなにくだらない質問《しつもん》にも、それなりに回答があるのがすごい。

「世の中には、物知りでヒマな人がこんなにいっぱいいいるんだなぁ。他人の質問《しつもん》に答えるのが趣味《しゅみ》だなんて、すごいボランティア精神《せいしん》」

感心と呆《あき》れが入り混《ま》じった気持ちでコーナーを眺《なが》めていた美紀《みき》は、ふと思いついた。

「ここで数学の問題の答えを質問《しつもん》したら、どのぐらいの時間で答えてくれるのかな」

試してみたい。質問《しつもん》を投稿《とうこう》するには、このサイトに会員登録する必要があるようだ。

美紀《みき》はスマートフォンの画面をポッポッと押《お》し、自分の名前を登録した。

「ハンドルネームをつけてください、だって。『ミキティー2017』にしよう」

その後、美紀《みき》は質問《しつもん》コーナーに、宿題の問題をそのまま入力した。

「えーっと。『ラーメン屋に二組の家族がいます。母親Aはラーメン、ふたりの子どもたちはそれぞれチャーハンを注文しました。支払《しはら》い合計は三〇〇〇円です。別の母親Bもラーメンを頼《たの》み、八人の子どもたちはそれぞれチャーハンを頼《たの》みました。支払《しはら》い合計は八四〇〇円です。ラーメンとチャーハン、それぞれの値段《ねだん》を求めなさい……』」

すると、ものの一分もたたないうちに、回答が二件《けん》も寄《よ》せられてきた。

「はやっ！」

最初の回答者の答えは、『母親Bは、子だくさんでお金のやりくりが大変です』だった。

ガッカリしながら次の回答を見て、美紀《みき》はおどろいた。

「あっ！　これ、正しい答えだ……。式も答えも完璧《かんぺき》。すごい！」

ためしにいくつかの問題を入力してみたが、正答が瞬時《しゅんじ》に返ってくる。

「超《ちょう》使える！　参考書も必要ないし」

美紀《みき》が投稿《とうこう》した問題を解《と》いてくれたのは、すべて『回答キング』というハンドルネームの回答者だった。相当にヒマで、ものすごく頭のいい人にちがいない。

「もっと早くこのコーナーのことを知っていたら、楽に宿題ができたのに」

ずっと真面目《まじめ》に頑張《がんば》ってきたが、報《むく》われることはなかった。だったら最初からずるく生きればよかったんだ。中学三年生になって気がつくなんて、残念だ。

だが、その時、美紀《みき》の心に悪魔《あくま》がささやいた。学校の試験の時、こっそりとテスト問題の答えを質問《しつもん》することができたら、努力せずに高得点をとれるんじゃない？

「ムリムリ。試験の最中にスマートフォンを操作《そうさ》してカンニングしたら、すぐ先生に見つかっちゃうもんね。できるわけない」

……本当にできないだろうか？　どうせ匿名《とくめい》だし、どうすればいいか質問《しつもん》してみよう。

「『学校の試験の時、監視《かんし》の先生に見つからないように、スマートフォンを持ち込《こ》んでカンニングする方法を教えてください。質問者《しつもんしゃ》：ミキティー2017』」

回答は、すぐに寄《よ》せられた。回答者は、やはり『回答キング』だ。そこには、絶対《ぜったい》にカンニングが見つからない方法が、明確《めいかく》に書かれていた。

一週間後。美紀《みき》は、鼻歌を歌いながら帰宅《きたく》した。

「楽勝だったね！　数学も国語も絶対《ぜったい》に高得点をとれる！　サンキュー、『回答キング』！　明日の理科と社会もよろしくね！」

美紀《みき》は翌日《よくじつ》の試験にもスマートフォンを持ち込《こ》んでカンニングをした。監視《かんし》の先生は、まったく気づいていない。味をしめた美紀《みき》は、その後すべての試験で質問《しつもん》コーナーを悪用し、高得点を連発した。急激《きゅうげき》な成績《せいせき》の上昇《じょうしょう》に担任《たんにん》はおどろき、両親も大喜びだ。何より、今まで目立たなかった美紀《みき》が、クラスで一目置かれている。それが快感《かいかん》だった。

美紀《みき》は毎日が楽しくてしかたがなかった。今では、勉強のみならず、どんなことでも『なんでも質問箱《しつもんばこ》』に聞く。ファッションのこと、美容《びよう》のこと、ダイエットのこと。すると、『回答キング』がだれよりも速く、正確《せいかく》な答えを教えてくれるのだ。

美紀《みき》はどんどんかわいく、おしゃれになっていった。自分で調べたり工夫《くふう》したりする努力はまったくいらない。面倒《めんどう》なことは何も考えず、質問《しつもん》するだけでいいのだ。

「『回答キング』ってすごいなぁ。どうしてこんなになんでも知ってるのか不思議。それにしてもみんな、こんな楽なことに気がつかないなんて、バカだよね」

美紀《みき》は、クスクス笑いながら新しい質問《しつもん》を入力した。

「『クラスにずっと前から好きな男子がいます。彼《かれ》に私《わたし》を好きだと告白させるには、どうしたらいいですか？　質問者《しつもんしゃ》：ミキティー２０１７』」

美紀《みき》が好きなのは、同じクラスの裕太《ゆうた》。イケメンで頭もよく、性格《せいかく》も真面目《まじめ》。当然、女子にも大人気だ。その彼《かれ》に告白されたら、どんなに気分がよいだろう。

すぐに、『回答キング』から答えが返ってきた。思わずニヤニヤしてしまう。

『告白させるのはかんたんです。あなたは、彼《かれ》を呼《よ》び出し、自分のことをどう思うか、正直な気持ちを聞けばいいのです』……か」

翌日《よくじつ》の放課後、だれもいない教室に、美紀《みき》は裕太《ゆうた》を呼《よ》びつけた。

「ねえ、裕太《ゆうた》。正直に答えてね。私《わたし》のこと、どう思ってる?」

しばらくためらっていた裕太《ゆうた》が、美紀《みき》をまっすぐに見つめて言った。

「ああ。正直に言うよ。美紀《みき》が好きだった。同じクラスになった時からずっと。おとなしいけど努力家で、頑張《がんば》る姿《すがた》を応援《おうえん》したくなった。美紀《みき》を見ているとドキドキしたよ」

思いがけない告白に、美紀《みき》の胸《むね》は大きく高鳴った。そんなに前から? 私《わたし》たち、両想《りょうおも》いだったってこと? 赤くなって続きの言葉を待つ美紀《みき》に、裕太《ゆうた》は言った。

「好きだから、美紀《みき》を意識《いしき》せずにはいられなかった。だから、偶然《ぐうぜん》見つけたんだ。見たくはなかったけどね」

「……え？　何を？」美紀《みき》は動揺《どうよう》して聞いた。

「テストの時、美紀《みき》はスマートフォンの画面を見てたよね。次の試験でも同じことをしてた。美紀《みき》はその時の試験で学年一位になって、名前が廊下《ろうか》に張《は》り出された」

裕太《ゆうた》が、厳《きび》しい表情《ひょうじょう》で続ける。

「何をしていたのか気になって、ためしに試験の問題を検索《けんさく》してみた。そうしたら、うちの学校の試験とまったく同じ問題と解答《かいとう》が、『なんでも質問箱《しつもんばこ》』っていうコーナーにズラッと並《なら》んで出てきたんだ。質問《しつもん》も解答《かいとう》も、試験があった時間と同じで、質問者《しつもんしゃ》は『ミキティー2017』。スマートフォンを使ったカンニングのしかたまで聞いてたよ」

美紀《みき》は青ざめた。全身から血の気が引き、目の前が暗くなる。あの時質問《しつもん》した通り、『監視《かんし》の先生』にカンニングは見つからなかった。だが、『裕太《ゆうた》』には見られていたのだ。

裕太《ゆうた》は、軽蔑《けいべつ》と落胆《らくたん》が入り混《ま》じった目で美紀《みき》を見ていた。

「わ、私《わたし》は一生懸命《いっしょうけんめい》勉強したから一位を取れたの。カンニングなんかしてない！」

唇《くちびる》が震《ふる》え、目になみだが浮《う》かぶ。裕太《ゆうた》が静かな声で聞いた。

「どうか、正直に答えて欲《ほ》しい。『ミキティー2017』は美紀《みき》だろう?」

「ちがうよ……。絶対《ぜったい》にちがう。ウソじゃない……」

美紀《みき》を見つめていた裕太《ゆうた》は「わかった」と言って目をそらし、教室から出て行った。

ひとり、教室に残った美紀《みき》は、後悔《こうかい》で泣いていた。目立たない自分を好きでいてくれた裕太《ゆうた》。努力や頑張《がんば》りを見ていてくれた裕太《ゆうた》。それなのに、私《わたし》は卑怯《ひきょう》なカンニングをし、ウソまでついてしまった。

「どうしよう。どうしたらいいの?」

だが、美紀《みき》はもはや自分の力で何かを考えることができなかった。今の美紀《みき》にできることはひとつだけ。震《ふる》えながらスマートフォンを取り出し、質問《しつもん》コーナーに投稿《とうこう》する。

『好きな男子にカンニングを疑《うたが》われ、嫌《きら》われそうです。どうしたら、疑《うたが》いを晴らせますか? 彼《かれ》に、もう一度好きになって欲《ほ》しいんです。質問者《しつもんしゃ》:ミキティー2017』

だが、いつもならすぐに回答してくれる『回答キング』は現《あらわ》れない。『なんでも質問《しつもん》箱《ばこ》』のページに、赤い太字のお知らせが表示《ひょうじ》されているのに気がついた。

「ご好評《こうひょう》をいただいた期間限定企画《きかんげんていきかく》、スーパーコンピューター『回答キング』による回答サービスは、本日正午をもって終了《しゅうりょう》いたしました。引き続き、一般回答者《いっぱんかいとうしゃ》による『なんでも質問箱《しつもんばこ》』をお楽しみください」

「そんな。今さら見放さないでよ！ だれでもいいから助けて……！」

すると、一般回答者《いっぱんかいとうしゃ》からの答えがひとつだけ現《あらわ》れた。親切なだれかが答えてくれたのだ。

美紀《みき》は藁《わら》にもすがる思いで回答文を読んだ。そこには、こう書いてあった。

『かんたんです。あなたの実力を証明《しょうめい》すればいいのです――』

美紀《みき》は、その回答の続きを呆然《ぼうぜん》と見つめた。

『――先生に、僕《ぼく》がテスト中に見たことを話した。厳《きび》しい監視《かんし》のもとで、君の再試験《さいしけん》が行われるそうだ。君がウソをついていないなら、スマートフォンなしでも高得点をとれるはず。そうだろう？ 〝ミキティー２０１７〟さんへ。ハンドルネーム〝同じクラスの裕太《ゆうた》〟より』

失《しつ》恋《れん》スカート

「ねえ美玲《みれい》ちゃん、二学期になってから、制服《せいふく》のスカートきつくない？」

お弁当《べんとう》のふたをしめながら、野々花《ののか》は、美玲《みれい》に尋《たず》ねてみた。

「ううん、変わらないけど」

「いいなあ。私《わたし》、かなり苦しい」

野々花《ののか》は、食べることが大好きなぽっちゃり女子である。高校二年の夏休みも、恋愛《れんあい》や部活などには目もくれず、親友の美玲《みれい》とラーメンやパンケーキを食べ歩いて過《す》ごした。

「私《わたし》、ダイエットしたほうがいいかな」

「しなくていいわよ。スカートなんて、金具をつけ替《か》えればいいじゃない」

美人の美玲《みれい》は、普通《ふつう》の子の「きれいになりたい気持ち」がわからない。そのままできれいなので美容《びよう》やメイクには興味《きょうみ》がなく、趣味《しゅみ》は食べること。だからこそ野々花《ののか》と仲よくなったのだが、同じ量を食べても野々花《ののか》だけ太ってしまう。

(痩《や》せたいな)

先週の二学期最初の日、野々花《ののか》は斎藤光章《さいとうみつあき》と隣《となり》の席になった。

光章《みつあき》はゆっくりした話し方が特徴的《とくちょうてき》な癒《いや》し系《けい》男子で、野々花《ののか》は好感を持った。

その光章《みつあき》が席替《せきが》え早々言ったのだ、「野々花《ののか》ちゃん、カロリー計算したことある?」と。

翌日《よくじつ》は主だった料理のカロリー表を持ってきて、野々花《ののか》にくれた。

「私《わたし》、太りすぎってこと?」

「そんなことない。でも野々花《ののか》ちゃんはスリムになったら、もっとかわいくなると思うよ」

男子から「かわいくなる」なんて言われたことがない野々花《ののか》はおどろいた。

(どうして、そんなことを私《わたし》に言うのだろう?)

どう考えても野々花《ののか》のことを嫌《きら》っているから、というわけではないだろう。だとすると多少の好意がなきにしもあらずにちがいない。

「野々花《ののか》ちゃん、まず食べたものをメモしてみてよ」

《一週目》

光章《みつあき》に言われた通り、朝、昼、夜の食事内容《しょくじないよう》をノートに書いてみた。

「これで全部？　間食も書かなくちゃだめだよ」

「間食ってパンとか、カップ麺《めん》とかも？　書き切れないよ」

「そんなに食べているの？」

はずかしい話題ではあるが、自分のことを気にしてくれる男の子がいる、というのは今まで感じたことのない「うきうきする気持ち」を野々花《ののか》にもたらした。

男子にモテすぎる美玲《みれい》は恋愛《れんあい》も「興味《きょうみ》なし」なので、野々花《ののか》は光章《みつあき》とのダイエットを美玲《みれい》には言わずにいた。

《二週目》

食事を記録するのは早々に断念《だんねん》した。食べているものが多くて、どうしても書き忘《わす》れてしまう。

「じゃあ、運動しようか」

「やだ！」

「そんな即答《そくとう》しなくても……。少し早歩きするとかさ」

「できないよぉ」

「できますよぉ」

思わず甘《あま》えて言ってしまったが、光章《みつあき》も同じように返してくれる。

（これっていい感じ？　仲のいい男女の会話？　恋《こい》の予感？）

野々花《ののか》のうきうきは続いた。

《三週目》

野々花《ののか》の体重は減《へ》らない。

「じゃあ食事から炭水化物を減《へ》らそうか」

「ええっ！　炭水化物って主食の？　ごはんの？　パンの？　麺《めん》の？　炭水化物のこ

と？」

「炭水化物は体内で糖質《とうしつ》に変わるから、太る元凶《げんきょう》なんだよ」

「でも、もうおやつを減《へ》らしてるよ」

野々花《ののか》がそう言いながら開けたペンケースから、チョコレートやアメが転がり出す。

光章《みつあき》がわざとにらんで見せ、野々花《ののか》は笑っておやつを拾い集める。

ダイエットのことも光章《みつあき》と仲よしなことも、美玲《みれい》にはますます言いにくくなってきた。

（スリムになって、きちんと光章《みつあき》くんとつき合い始めてから報告《ほうこく》するしかない）

《四週目》

野々花《ののか》の体重は増《ふ》えた。スカートがかなりきつい。美玲《みれい》は「金具をつけ替《か》えればいい」と言ったが、すでに二度金具はつけ替《か》えていて、スカートの端《はし》ギリギリに縫《ぬ》いつけている。これ以上ずらそうにも、その部分に布地《ぬのじ》はない。

（もっと本気を出さなくちゃ）

家ではついつい食べすぎてしまうので、野々花《ののか》はお弁当《べんとう》の量を減《へ》らすことにした。

そのせいで、五時間目が終わったらすぐにおなかがすいてしまう。

放課後、美玲《みれい》がポケットからチョコレートを出して野々花《ののか》に半分差し出した。

「ほら、新発売のチョコレート。CMやってる高級志向《こうきゅうしこう》の。昨日《きのう》見つけたんだよ」

チョコレートは食べたい。けれど、おなかがすいていてもきついスカートが、蛇《へび》のように野々花《ののか》のウエストに巻《ま》きついている。

「私《わたし》、いらない」

「えっ、熱でもあるの？」

美玲《みれい》がチョコレートを野々花《ののか》の口に入れようとする。

「いらないったら！」

野々花《ののか》はきつく美玲《みれい》の手を振《ふ》りほどいた。美玲《みれい》との間に不穏《ふおん》な空気が走る。

「野々花《ののか》、最近、変だよ」

美玲《みれい》は怒《おこ》ると怖《こわ》い。もちろん今まで野々花《ののか》に対して怒《おこ》ったことなどない。野々花《ののか》は、これ以上美玲《みれい》に隠《かく》しごとはできないと思った。

「ごめんなさい。今、ダイエットしてて。イライラしてるかも」

「ダイエット!?　どうして?」

野々花《ののか》は、光章《みつあき》のこと、ダイエットのことを話した。

美玲《みれい》は、帰り支度《じたく》を終えて教室を出ようとしている光章《みつあき》のもとへ駆《か》け寄《よ》る。

「あんた野々花《ののか》の何なの?　彼氏《かれし》?　何の権利《けんり》があって、人の食生活に口出しするの?野々花《ののか》のことが好きだとでもいうの?」

光章《みつあき》はすぐに答える。

「野々花《ののか》ちゃんのことが、好き、ではないけど」

好きではない、野々花《ののか》は耳を疑《うたが》った。

「好きじゃなきゃ野々花《ののか》ちゃんのこと、心配しちゃだめかな。友だちとして心配してるんだ」

「は?　心配って何よ」

「健康だよ。太りすぎて病気になって死んじゃったり……」

急に話が重たい方向へ流れて、美玲《みれい》もたじろぐ。

「だ、だれか身内が亡《な》くなったりしたの?」

「うん、幸恵《ゆきえ》が」

「幸恵《ゆきえ》?」

「おじいちゃんが、幸恵《ゆきえ》に甘《あま》いモノをたくさん食べさせたんだ。ダメだ、って何度も言ったのに……。でも幸恵《ゆきえ》が豆大福を食べる顔がおばあちゃんにそっくりだからって、死んだおばあちゃんに会えたようだって、おじいちゃんが……」

「死んだおばあちゃんに会う? おばあちゃんにそっくりな人が幸恵《ゆきえ》さん?」

「おじいちゃんたちが飼《か》っていた犬。おじいちゃんが幸恵《ゆきえ》をおばあちゃんと同じように扱《あつか》えば扱《あつか》うほど、幸恵《ゆきえ》は太っていって病気になっちゃったんだ。ううっ……ぐすっ」

光章《みつあき》の目が潤《うる》んでいる。美玲《みれい》もそれ以上は追及《ついきゅう》できず、まわりで見ているクラスメイトも、なんとなく光章《みつあき》に温かい目を向け始めた。

かわいそうな空気に流されていないのは野々花《ののか》だけだ。

「ちょっと待ってよ。犬って何よ」

「フレンチブルドッグだよ」

「犬種なんか聞いてない！」

野々花《ののか》は教室を飛び出した。好きな人が自分のことを好きじゃなかったばかりか、犬と同一視《どういつし》されていた。自分はフレンチブルドッグと同列だった。

いや、フレンチブルドッグはかわいい、フレンチブルドッグに罪《つみ》はない。しかし女子高生が、好きな男の子に自分とイメージを重ねられたい生き物でもないだろう。

屋上へ上がる階段《かいだん》の踊《おど》り場《ば》で、野々花《ののか》はしゃがんで泣いた。

チョコレートを持った美玲《みれい》がやってくる。

「食べな」

「うん。ありがとう美玲《みれい》ちゃん」

「それでこそ野々花《ののか》だ」

その後、食欲《しょくよく》の秋を満喫《まんきつ》した野々花《ののか》は、制服《せいふく》のスカートだけ再購入《さいこうにゅう》することになった。

タクシー

ある夏の夜。土砂降《どしゃぶ》りの雨の中、ひとけのない道にずぶ濡《ぬ》れで立ちすくんでいた私《わたし》は、遠くから近づく一台のタクシーに気がついた。暗い道に浮《う》かぶヘッドライト。フロントガラス越《ご》しに見える電光式の表示板《ひょうじばん》には『空車』と赤い文字が浮《う》かんでいる。

「ああ、よかった！　これでやっと家へ帰れる！」

夢中《むちゅう》で手を上げると、タクシーは速度を落とし、私《わたし》の目の前で音もなく停車した。

雨の中、ぼんやりと浮《う》かんだ白い車体。屋根には台形の表示灯《ひょうじとう》があるが、そこに記された会社名には見覚えがなかった。おそらく、個人《こじん》タクシーなのだろう。

助手席の窓《まど》が少し開くと、初老の運転手の姿が見えた。白いシャツと薄《うす》い色のベスト、きちんと締《し》めたネクタイ。制帽《せいぼう》の下の目元は暗く、その表情《ひょうじょう》はよく見えない。

「あの、乗ってもいいですか？　今はお金はないんですけど、家に着いたら払《はら》うので」

おそるおそる聞くと、運転手は無言でうなずいた。わざわざ車から降《お》りて私《わたし》の前まで歩いてきて、後部座席《こうぶざせき》のドアを開ける。私《わたし》はホッとして、タクシーに乗り込《こ》んだ。

「ありがとうございます。……あっ。スニーカーが」

ずぶ濡《ぬ》れのスニーカーが片《かた》ほう、足から脱《ぬ》げてしまったことに気がつく。運転手はそれを道端《みちばた》の草むらから拾い上げ、私《わたし》の足元に置いた。強い雨が、運転手の制服《せいふく》を見るまに濡《ぬ》らしていく。私《わたし》の体から滴《したた》る雨のしずくは、後部座席《こうぶざせき》のシートに雨のシミをつけた。

「すみません。濡《ぬ》らしてしまって。運転手さんも」

タクシーの中に戻《もど》ってきた運転手に謝《あやま》り、行き先を告げる。

「あの……青葉町三丁目三番地までお願いできますか」

運転手は小さくうなずき、『空車』のスイッチを切った。右のウインカーを点滅《てんめつ》させ、暗い道を走り出す。私《わたし》はようやく安心して後部座席《こうぶざせき》にもたれかかると、制服《せいふく》のポケットからハンカチを取り出し、濡《ぬ》れた髪《かみ》と汚《よご》れたシートを拭《ふ》いた。

「朝はあんなに晴れていたのに。急に降《ふ》るなんて反則《はんそく》ですよね」

冗談《じょうだん》めかして言ってみたが、運転手はひとことも答えない。私《わたし》のために雨で濡《ぬ》れてしまったことを、不愉快《ふゆかい》に思っているのかもしれなかった。静まり返った車内。聞こえてくるのは車の屋根に打ちつける雨と、せわしなく動くワイパーの音だけだ。

沈黙《ちんもく》に耐《た》え切れず、私《わたし》はひとりごとのように言った。

「こんな雨の夜に、どうして制服《せいふく》を着たまま、あんな町はずれの道端《みちばた》にいたのかって思いますよね？　バスの乗《の》り継《つ》ぎをまちがえちゃったんです。時刻表《じこくひょう》を見ていたのに。いつも自転車通学だから、バスに慣《な》れていなくて」

運転手は、黙《だま》って私《わたし》の話に耳を傾《かたむ》けているようだった。

「私《わたし》、青葉中学の陸上部員なんです。隣町《となりまち》の高校へ、陸上部の見学に行くはずでした」

私《わたし》は運転手の背中《せなか》に向かい、話し続けた。緊張《きんちょう》から解放《かいほう》された反動で、なんだか話さずにいられなかったのだ。

「さっき、運転手さんが拾ってくれたスニーカー。あれ、私《わたし》の宝物《たからもの》なんです。卒業する先輩《せんぱい》から記念のサインを入れてもらったランニングシューズ」

足元のスニーカーを見下ろし、私《わたし》はため息をついた。雨と泥《どろ》が染《し》みて、白いラインが灰色《はいいろ》に変わっている。あこがれの先輩《せんぱい》に書いてもらったサインが、かすれて見えた。

隣町《となりまち》の高校へ進学した先輩《せんぱい》の部活を、そっと見学するつもりだった。母にも友だちにも秘密《ひみつ》にし、朝からそわそわして放課後を待っていた私《わたし》。先輩《せんぱい》が、もし私《わたし》に気づいてくれたなら、サインの入ったこのスニーカーを、ずっと大切にしていることを伝えよう。そう決心して、学校帰りにひとりで隣町《となりまち》行きのバスに乗ったのだ。それなのにバスを乗りまちがえ、場所も確《たし》かめずにあわてて降《お》りたら、この土砂降《どしゃぶ》り。

降《ふ》りしきる雨の中、ひとりぼっちで歩いた。時折すれちがう車も私《わたし》には目もくれず、水しぶきを上げて通り過《す》ぎて行く。情《なさ》けなくてなみだが出た。暗くひとけのない道は怖《こわ》かったし、寒さと心細さに体が震《ふる》えた。ただただ、家へ帰りたかった。私《わたし》の帰りが遅《おそ》いことを母は心配し、きっと夕飯も食べずに待っているだろう。そんなことを思うと、幼《おさな》い子どものように泣き出したかった。その時、このタクシーが通りかかったのだった。

「今、どのあたりですか？　だいぶ近くまで来ましたよね？」

暗い窓《まど》ガラスの向こうを見ながら私《わたし》は聞いた。だが、やはり答えはない。私《わたし》はさすがに不安になった。寡黙《かもく》すぎる運転手に、気味の悪さを感じたからだ。

いつのまにか激《はげ》しい雨はやんでいた。外の景色に目をこらす。私《わたし》の住んでいる町のような気もするが、覚えのある風景とはどこかちがっていた。いったい、ここはどこなんだろう。

ふと、恐《おそ》ろしい疑問《ぎもん》が湧《わ》いた。もしかして、この運転手は私《わたし》を別の場所に連れて行こうとしているのではないか。ニュースで見聞きした『誘拐《ゆうかい》』という文字が頭に浮《う》かぶ。

私《わたし》は不安を打ち消すことができずに聞いた。

「運転手さん。どこへ向かっているんですか？　私《わたし》は家へ帰りたくて……」

すると、運転手は道端《みちばた》にタクシーを止めた。見知らぬ町の見知らぬ家の前に。

運転手がタクシーを降《お》り、後部席のドアを開ける。私《わたし》は不安に押《お》しつぶされそうになりながら運転手を見上げた。憐《あわ》れむように私《わたし》を見つめる、初老の男の目を。

「私《わたし》の家はここじゃない！　だって庭の植木はもっと小さいし、両隣《りょうどなり》は空き地で……」

その時、雲の切れ間から月の光が差し込《こ》んだ。木に覆《おお》われて様子は変わっているが、それは確《たし》かに私《わたし》の家だった。車の音に気がついたのか、玄関《げんかん》に明かりがともり、家人がドアを開けて顔をのぞかせる。その女性《じょせい》の顔を見て、私《わたし》はおどろき、つぶやいた。

「お母さん……？」

月明かりのせいか、母は急に歳《とし》を重ねたように見えた。玄関《げんかん》先に出てタクシーの中の私《わたし》を見つめていた母の目が、ハッとしたように見開かれる。

「優海《ゆみ》……？　優海《ゆみ》なのね？」

今朝《けさ》、学校へ行く前に笑顔をかわした母。あれから一日もたっていないのに、胸《むね》が苦しいほどなつかしいのはなぜなのだろう。永遠《えいえん》に思えるほど長い間、母と離《はな》れていたような気がするのは。

「ただいま……。遅《おそ》くなってごめんね」

タクシーから降《お》り、母のもとへ走り寄《よ》った。泣きながら、母の腕《うで》の中に飛び込《こ》む。私《わたし》を抱《だ》きしめた母が、なみだで声を震《ふる》わせながら言った。

「お帰り、優海《ゆみ》。ずっと待っていたわ。帰ってきてくれて、ありがとう」

ホッとして、なみだがあふれた。緊張《きんちょう》で張《は》りつめていた私《わたし》の心が、柔《やわ》らかくほぐれていく。

――帰りたかった。ずっとずっと家に帰りたかったよ……。

するとおどろいたことに、母に触《ふ》れた私《わたし》の手が透《す》き通り始めた。銀色の月明かりの中、徐々《じょじょ》に消えていく自分の体。それでも、私《わたし》は幸せだった。ようやく、家へ帰るという願いが叶《かな》ったのだから――。

「娘《むすめ》を連れ帰ってきてくださって、ありがとうございました。優海《ゆみ》の姿《すがた》を、ハッキリと見ました。記憶《きおく》にある、なつかしい娘《むすめ》のままでした。……あの子はどこにいましたか?」

優海《ゆみ》の母が、濡《ぬ》れた目をしばたたかせ、運転手に尋《たず》ねた。その手には、優海《ゆみ》が遺《のこ》したランニングシューズを大切そうに持っている。雨に濡《ぬ》れた古いスニーカーには『陸上頑《がん》張《ば》れ！　優海《ゆみ》へ』と、かすれた文字が見えた。

「娘《むすめ》さんは郊外《こうがい》の道路際《どうろぎわ》に佇《たたず》んでいました。そこに、このスニーカーがありました」

「そうですか……。娘《むすめ》はきっと、自分の死に気がつかなかったのでしょう。一瞬《いっしゅん》のことだったそうですから。激《はげ》しい雨でバスの横転事故《おうてんじこ》が起こったのは、七年前の今日でした。ようやく家へ帰ることができて、あの子もホッとしているでしょう」

優海《ゆみ》の母は運転手を見つめて言った。

「さまよう魂《たましい》を見つけ、運んでくれるタクシーがあるという噂《うわさ》は、本当だったのですね」

「はい。不思議なことに、私《わたし》には彼《かれ》らが見えるのです。愛する人のもとへ帰りたいと願う亡《な》き人の魂《たましい》を、できる限《かぎ》り見つけて送り届《とど》けるのが、私《わたし》の仕事だと思っています」

運転手は優海《ゆみ》の魂《たましい》を悼《いた》むように、母親に深く頭を下げた。

ハンドルを握《にぎ》った運転手が、空車の赤いライトをつける。月夜の道を、白いタクシーは静かに走り出した。

先着サービス

「謎《なぞ》の宇宙船《うちゅうせん》が日本海の上空三十キロ付近にいる」

嘘《うそ》のような連絡《れんらく》を受け、急きょ設《もう》けられた対策本部《たいさくほんぶ》に国連職員《こくれんしょくいん》の岩滝信吾《いわたきしんご》が派遣《はけん》されたのは、宇宙船《うちゅうせん》が発見された翌日《よくじつ》のことだった。

そのころには、数ある通信手段《つうしんしゅだん》の中から、どうにかコンタクトをとる方法が見つかり、対策本部《たいさくほんぶ》と宇宙船《うちゅうせん》の間でビデオチャットができるまでになっていた。

コンピューター会社が運び込《こ》んだ大型スクリーンに宇宙人《うちゅうじん》の姿《すがた》が映《うつ》し出される。

人間と似《に》たような形をしているが、皮膚《ひふ》はうすい黄緑色で、油を塗《ぬ》ったようにテカっている。頭から首のうしろにかけて、黄色い毛がフサフサしていた。

「こんにちは。私《わたし》たちは遠い銀河《ぎんが》から来ました。商売をしているよ。……まいど。おおきに」

「なんか、関西弁《かんさいべん》も混《ま》じった変な日本語だな」

宇宙人《うちゅうじん》は続けて言った。

「この星、空気汚《よご》れているね。大変汚《きたな》いよ。健康に悪いです。空気清浄機《くうきせいじょうき》つけましょう。惑星規模《わくせいきぼ》の大気汚染《たいきおせん》に対応《たいおう》する空気清浄機《くうきせいじょうき》、今ならタダよ」

「タダ？　無料ですか？　でもそれでは商売にはならないでしょう」

「銀河系《ぎんがけい》初進出特典です。先着、二惑星《わくせい》まで無料よ。いいでしょう？　この星の空気きれいに浄化《じょうか》してあげる。どうせ自分たちでできないでしょう」

岩滝《いわたき》はここで通信を一回切り、皆《みな》と相談することにした。

宇宙人《うちゅうじん》が送ってきた資料《しりょう》によると、その機械は対流圏《たいりゅうけん》と成層圏《せいそうけん》の境《さかい》に設置《せっち》され、天候も操作《そうさ》できるらしい。

最近は、巨大台風《きょだいたいふう》など異常気象《いじょうきしょう》に悩《なや》まされる国や地域《ちいき》も増《ふ》えたので、気候の操作《そうさ》は魅《み》力的《りょくてき》だ。

「タダっていうなら、ためしにつけてみてもいいだろう」

「本当にそんなことができるのか？」

「壊《こわ》れて悪い空気が漏《も》れ出すなんてことがあるかもしれないぞ」

岩滝《いわたき》は、対策本部《たいさくほんぶ》で出た疑問点《ぎもんてん》を宇宙人《うちゅうじん》に伝えた。宇宙人《うちゅうじん》からは、ひとつひとつていねいな回答が返ってきた。

「うむ、どうやら、安全ではあるようだな」

こうして、すべての確認《かくにん》が終わり、設置《せっち》してもらうことになった。

「では、空気清浄機《くうきせいじょうき》をつけてください」

「やったね。初回メンテナンスは三十年後だよ。大気汚染《たいきおせん》にかけるはずだったお金をほかの汚染対策《おせんたいさく》にまわして、地球をきれいな星にしてね」

宇宙人《うちゅうじん》は、空気清浄機《くうきせいじょうき》を取りつけて去っていった。

その威力《いりょく》はすばらしかった。空気中の有害な物質《ぶっしつ》はどんどん減《へ》って、あっというまに光化学スモッグや酸性雨《さんせいう》はなくなった。二酸化炭素《にさんかたんそ》も減《へ》り、オゾンが増《ふ》えてオゾンホールもない。

「宇宙人《うちゅうじん》の科学技術《かがくぎじゅつ》はすごいな」

こうなると、人間は自分たちで努力するのがバカらしくなってくる。

海洋汚染《かいようおせん》、土壌汚染《どじょうおせん》は悪化の一途《いっと》をたどり、二酸化炭素《にさんかたんそ》の心配がなくなった焼き畑農業による森林破壊《しんりんはかい》は、取り返しがつかないほど深刻《しんこく》なものとなった。

「宇宙人《うちゅうじん》は、地球をきれいな星にしてね、と言ったのに」

岩滝《いわたき》はなげいたけれど、ひとりではどうにもならない。

三十年たって、宇宙人《うちゅうじん》が再《ふたた》びやってきた。

岩滝《いわたき》は定年退職《ていねんたいしょく》していたが、この時だけは臨時《りんじ》で雇《やと》われてやってきた。岩滝《いわたき》の髪《かみ》が白くなったように、宇宙人《うちゅうじん》の毛は黄色から紫《むらさき》へ変わっていた。肌《はだ》のテカリもやや衰《おとろ》えたようだ。

「地球、きれいになっていませんね。空気以外はひどくなってるよ」

「すまない。海も土壌《どじょう》も、宇宙人《うちゅうじん》の力できれいにしてはもらえないだろうか」

「できなくもないよ。惑星《わくせい》ごと浄化《じょうか》する『スペシャルクリーンパック』なら、先着、二惑星《わくせい》無料の枠《わく》がひとつ残っているけど」

「おお、そりゃあいい。それをやってもらおう」

「でも、すごくきれいになっちゃうよ。ピカピカになりすぎるかもよ」

「願うところだ。ぜひそれを頼《たの》む」

翌日《よくじつ》、地球の人口の五分の一が減《へ》っていた。一部の地域《ちいき》がぽっかりではなく、地球上からまんべんなく人間が消えている。

「これはいったい、どういうことだ、何か関係あるのか」

「『スペシャルクリーンパック』は、環境《かんきょう》の回復《かいふく》と原因《げんいん》の除去《じょきょ》がセットなの。浄化装置《じょうかそうち》をつけて、害虫を駆除《くじょ》する、ダブルの効果《こうか》でバッチリよ。明日《あした》も明後日《あさって》も駆除《くじょ》するよ。任《まか》せといて」

地球がきれいになって宇宙人《うちゅうじん》が帰るころ、地上に人間の姿《すがた》はほとんどなかった。岩滝《いわたき》は、かがやく青い海、うっそうと茂《しげ》る深緑の森を見ながら、「これでよかったのかもしれないな」とつぶやいた。

ゴミ箱に入ったら

「いつまで落ち込《こ》んでるのよ」

「だってえ」

張《は》りのあるカナの声は視聴覚室《しちょうかくしつ》に響《ひび》くけど、しずんだアタシの声は響《ひび》かない。

「運動音痴《うんどうおんち》のアタシが、クラスの足を引《ひ》っ張《ぱ》ってるのはバレバレじゃん。だったら運動会の日は休んで、ほかの人に代わってもらうほうがいいよ」

「ユカリ、それ本気で言ってんの」

「……うん」

アタシがそう答えると、元気印のカナも黙《だま》ってしまった。

ただでさえ静かな視聴覚室《しちょうかくしつ》が、しーんと静まりかえる。聞こえてくるのは、中庭で練習しているテニス部の「ファイト」の声とか、ボールを打つポーンといった音だけ。

「もぉー、カンベンしてよ。こっちまで落ち込《こ》んじゃう」

「ゴメン……」

「アタシに謝《あやま》っても解決《かいけつ》しないって。ユカリが元気ださなきゃ。ねっ！」

カナは必死にアタシを励《はげ》ましてくれるけど、今日だけは立ち直れそうになかった。

理由は、午前中のできごと、今週末に行われる運動会の練習にある。

「広瀬《ひろせ》さん。あなた自分がやったことの重大さに気づいてんの？」

アタシに詰《つ》め寄《よ》ってきたのは、A組女子のリーダー的な存在《そんざい》である宮本《みやもと》さんだ。彼女《かのじょ》とそのグループの女子が、アタシを囲んだ。

「全員リレーで勝負が決まるのよ。足の遅《おそ》い、速いは個人差《こじんさ》があるからしかたがないけど、あなたが練習で二回ともバトンを落としてしまったせいで、二回続けてA組がビリになっちゃったじゃない」

「でも、わざとじゃないし……」

「そんなコトはわかってるわよ。でも二回連続で失敗なんてありえなくない？　アタシが言いたいのは、ちゃんと真面目《まじめ》に練習してってこと。わかる？」

「……うん」

「正直、アタシたちのやる気が失《う》せるのよ。これ以上迷惑《めいわく》をかけたくなかったら、ちゃんとやるか、もしくは運動会そのものに参加してほしくないんですけど」

アタシだって、自分なりに頑張《がんば》っている。けれど、いざバトンの受《う》け渡《わた》しになると緊《きん》張《ちょう》して落としてしまうんだ。

カナが横から入ってきてくれたから、その場から逃《に》げることはできたけど、もしそのままだったら、アタシはいじめの対象になっていただろう。いや、あの場面だけで十分にいじめなんですけど。

六時間目が終わるとすぐに、アタシはカバンを持って逃《に》げるように教室を出た。そのまま残っていたら、また宮本《みやもと》さんたちに取り囲まれそうだったから。

「ユカリ、待って！」

追いかけてきたのはカナだった。カナはアタシの手を取って走りだす。

「な、何？」

「いいから来て」

そう言って連れてこられたのは視聴覚室《しちょうかくしつ》だった。

落ち込《こ》んでいるアタシを励《はげ》まそうとしてくれるカナだったが、アタシの今日《きょう》のテンションは最悪だった。

そんなアタシを見かねてか、「よし！」とカナが何か思いついたようだった。

「うちのお姉ちゃんから聞いたんだけど」

足元にあったゴミ箱を持ち上げる。

「今、高校で変な占《うらな》いが流行してるんだって。目隠《めかく》しをして、丸めた紙を二メートルくらい離《はな》れたところから投げて、それがゴミ箱に入ったら願いが叶《かな》うらしいよ」

「何それ。占《うらな》いって言えるの？」

「そう思うでしょ。でもこれやって成功した人が、テストで満点とったり、好きだった人とつき合うことができたり——すごいんだって。ね、ユカリもやってみよ」

ゴミ箱をアタシの前に置く。カバンから練習で使った白いはちまきを取り出して、アタシのうしろにまわり込《こ》んだ。

「え、ちょっと待ってカナ。本気でやらせるの？　カンベンしてって」

「アタシはいつだって本気よ。さあユカリ、覚悟《かくご》しなさい」

あっというまにアタシは、はちまきで目隠《めかく》しをされる。

「見えてないよね……今ユカリの前で手を振《ふ》ってるけど、わかる？」

「わかんないよ。本当に見えてないもん」

「オッケー。じゃあ占《うらな》いを始めまーす」

クシャクシャと紙を丸めている音がする。

「あ、カナ。ちょっと待って。どうでもいいけどアタシ、何を占《うらな》えばいいの？」

「決まってるじゃない。運動会でバトンの受《う》け渡《わた》しが成功するかどうか、よ」

「む、無理に決まってるじゃん！」

声を荒《あら》らげてしまった。目隠《めかく》しをしてゴミ箱に入れるなんてこと自体、めっちゃ可能《かのう》性《せい》が低いのに、バトンの受《う》け渡《わた》しの成功を占《うらな》おうなんて、もっと無理がある。

「やってみなきゃ、わかんないでしょー。はいどうぞ」

アタシのことなどおかまいなしに、カナは丸めた紙を握《にぎ》らせる。

「はーい、投げてくださーい」

もうなんか、ヤケクソだ。ゴミ箱に入ったらラッキー、そんな気持ちで紙の玉を投げる。

「それっ！」

ふわっと浮《う》かせるように、紙の玉をゴミ箱のほうに投げた。

――スコーン。

「え、うそぉ」

今までテンションが高かったカナの声が変わった。

「え、どうしたの?」アタシは目隠《めかく》しのはちまきを外す。

カナはゴミ箱を持ってきて、底をアタシに見せる。

「正直、冗談《じょうだん》半分でやったんだけど……ほら、入ったよ。すごいじゃん、ユカリ」

「うそぉ、マジで?」

「マジマジ。すぅーって、この中に吸《す》い込《こ》まれるように入っていったもん」

「じゃあバトンの受《う》け渡《わた》しは?」

「上手《うま》くいくってことだね。大丈夫《だいじょうぶ》だよ。絶対上手《ぜったいうま》くいくってば。まだ不安だったら、このあとアタシと練習しよう」

「そ、そうだね」

「よしよし、ユカリに自信が湧《わ》いてきたぞ」

「ありがと……。じゃあさ、今度はカナのことを占《うらな》ってみようよ」

「え~、アタシはいいってば」

「そんなの不公平だよ。はい、交代、交代」

アタシはゴミ箱をカナの前に置き、彼女《かのじょ》に目隠《めかく》しをする。

「アタシだって入ったんだから。じゃあ占《うらな》いは、カナと西野《にしの》くんが両想《りょうおも》いになるかどうか」

「自信ないよぉ」

カナが片想《かたおも》いしているクラスメイトの名前を言うと、「カンベンしてよ。もぉ」とはずかしそうに首を振《ふ》る。でもコクリと息をのんだから本気なのだ。

「大丈夫《だいじょうぶ》。絶対《ぜったい》に成功するって」

アタシは紙の玉をカナの手に握《にぎ》らせた。

――ありがとう、カナ。

カナはゴミ箱を持って、紙の玉を自分からキャッチしてくれたんだよね。落ち込《こ》んでいるアタシを元気づけるために。

「はーい、投げてくださーい」

アタシは、ゴミ箱をそっと持ち上げた。

カルテ

社会人二年目の春、由香子《ゆかこ》は実家を出てひとり暮《ぐ》らしをすることにした。

「どうせなら、よく知らないところで暮《く》らしてみたい」

そう考えて、昔ながらの風景が残る小さな町へ引《ひ》っ越《こ》した。

駅前の商店街はまだ少しは栄えていたが、駅から離《はな》れるにつれて、もう何年もシャッターが下りたままになっているような建物が多く見られた。コンビニも少なく、大きなスーパーもない。そのせいか、夜の闇《やみ》がいっそう深く感じられる。近代的な大都市で育った由香子《ゆかこ》にとって、少々不気味さを感じる町だった。

休日の昼、由香子《ゆかこ》は近所を散歩していた。

「意外とこういう小さな町に、こぢんまりした古民家風のおしゃれなカフェとか、雑貨《ざっか》屋《や》さんとかがあったりするのよね」

淡《あわ》い期待を抱《いだ》いていたが、そんな建物はいっこうに見当たらなかった。天気のよい昼間だというのに、通行人もまばらで、だんだん心細くなってくる。

「あれ、何だろう？　図書館？」

坂道を上った先に、白くて無機質《むきしつ》な印象の建物があった。縦《たて》に細長い窓《まど》から、中の様子が少しだけ見える。高くて大きな棚《たな》に、同じ背表紙《せびょうし》の本のようなものがびっしりと詰《つ》まっていた。

何度か建物のまわりをめぐると、壁面《へきめん》に小さな四角い枠《わく》を見つけた。その前に立つと、いつのまにか建物の中に入っていた。

「わあ！」

真っ白な建物の中は吹《ふ》き抜《ぬ》けになっており、その高さはビルの四、五階分はありそうだった。その高い天井《てんじょう》に届《とど》きそうなくらいの大きな本棚《ほんだな》がいくつもあり、そこには青い背表紙《せびょうし》が並《なら》んでいる。よく見るとそれは本ではなく、ぶ厚《あつ》いファイルのようなものだということがわかった。

「いらっしゃい」

急にうしろから声をかけられて、由香子《ゆかこ》は一瞬《いっしゅん》、飛び上がった。

振《ふ》り返ると、白衣を着て、少し青白い顔をした六十代くらいの男性《だんせい》が、そこに立っていた。

「あの、ここは何の施設《しせつ》ですか？」

「ああ、初めての方？　カルテを確認《かくにん》できるところですよ」

「カルテ？　カルテってあの、病院とかにある？」

「まあ、似《に》たようなものです。でも、ここで確認《かくにん》できるのは単なる病状《びょうじょう》だけじゃありませんけどね。個人《こじん》の記録とでも申しましょうか」

「個人《こじん》の記録？」

「ええ、ちょっとこちらに手をかざしてください」

由香子《ゆかこ》は、白衣の男性《だんせい》が差し出したスマートフォンのような機器に、こわごわ手をかかざした。すると、建物の中の本棚《ほんだな》がいっせいに動き出し、あるひとつの棚《たな》が目の前の通路に立ちはだかった。

男性《だんせい》がその本棚《ほんだな》に手をかざすと、棚《たな》の上のほうから一冊《いっさつ》のファイルが飛び出し、ゆっくりと宙《ちゅう》を舞《ま》い降《お》りてきた。

男性《だんせい》はそれを受け取ると、

「はい」

と言って、由香子《ゆかこ》に渡《わた》した。

青いファイルの表紙には、「大島由香子《おおしまゆかこ》」と書いてあった。

表紙をめくると、そこには出生時の由香子《ゆかこ》の情報《じょうほう》がこと細かく記してあった。両親の名前、生まれた病院、身長、体重。

「何これ？　すごい！」

読み進めていくと、五、六歳《さい》のあたりから、由香子《ゆかこ》の記憶《きおく》に残っているできごとが徐々《じょじょ》に現《あらわ》れ始めた。なかには、だれにも言えずに自分の心の中だけにしまっておいたようなことまでが、はっきりと書かれている。

「ちょっと、何なの？　いったい、どうやってこんなことまで調べたんですか？」

由香子《ゆかこ》が聞くと、男性《だんせい》はちょっと肩《かた》をすくめた。

「わざわざ調べて書いたりはしませんよ。そんなにヒマじゃないものでね。あなたに起こったできごとが、そのまま書き込《こ》まれているだけですよ」

「そんなことって……。ここにあるものは、全部だれかのカルテなんですか？」

「ええ。生きている方に限《かぎ》りますけどね」

おどろいた。ちょっと変わった町だとは思っていたけど……。由香子《ゆかこ》はおそるおそる、今の自分に近いページも読んでみた。まちがいない。まさに最近の自分に起こったできごとが、そのまま書かれている。

「これって、ほかの人のものも読むことができるんですか？」

「いいえ。ご本人に限《かぎ》ります」

「そうなんだ。自分の過去《かこ》についてだけ、知ることができるんですね」

「ご希望であれば、未来を知ることもできますよ」

「えっ?」

「ただし、運命とは実にあやふやなものですから、本来は実際《じっさい》に起こってから書き込《こ》まれます。ただ、どうしても知りたいのであれば、未来について読むこともできます。でも、いったん読んでしまったら、そこに書かれていることは必ず現実《げんじつ》になります。あなたがわざと行動を変えたとしてもね」

「そうですか……」

由香子《ゆかこ》はあわててページを閉《と》じた。

「今はまだ、知らなくていいです。未来のことなんて」

由香子《ゆかこ》は男性《だんせい》にお礼を言うと、そそくさとその建物をあとにした。

次の日、会社に出勤《しゅっきん》した由香子《ゆかこ》は、目の前でくり広げられている光景にイライラしていた。

由香子《ゆかこ》の向かいに座《すわ》っている中村《なかむら》という男性《だんせい》に、由香子《ゆかこ》と同期入社のリナという女性《じょせい》が何度も何度も質問《しつもん》しに来るのである。彼女《かのじょ》はだれの目から見ても、中村《なかむら》のことを好いているのがわかった。彼女《かのじょ》よりも先に、ひそかに中村《なかむら》のことを好きだった由香子《ゆかこ》にしてみれば、その光景は不快《ふかい》なものでしかなかった。

ことあるごとにくり返されるリナのあからさまなアタックに、中村《なかむら》もまんざらではないように見える。

「中村《なかむら》さん、このままリナとつき合ってしまうのかな?」

リナと張《は》り合えるほど、由香子《ゆかこ》は自分に自信がなかった。由香子《ゆかこ》は、ふたりの仲がよさそうな様子を見るたびにどんどん落ち込《こ》んでいった。

そんな時、ちがう部署《ぶしょ》で働いている本田《ほんだ》が、由香子《ゆかこ》を食事に誘《さそ》ってくれた。本田《ほんだ》とは、これまであまり話したことがなかった。たまたま帰り道で一緒《いっしょ》になり、なりゆきで夕食を共にすることになったのだ。

本田《ほんだ》との食事は、思いのほか楽しかった。会話が弾《はず》み、時間がたつのが早く感じられた。

それからというもの、由香子《ゆかこ》は本田《ほんだ》とたびたび食事をするようになった。しかし、中《なか》村《むら》のことを忘《わす》れたわけではない。リナと彼《かれ》が話している姿《すがた》を見るたび、相変わらず胸《むね》が痛《いた》んだ。

ある日の食事のあとで、由香子《ゆかこ》は本田《ほんだ》から好きだと告白された。

「返事は、今すぐじゃなくてもいいから。考えてみて欲《ほ》しいんだ」

本田《ほんだ》はそう言って帰っていった。

そのうしろ姿《すがた》を見つめながら、由香子《ゆかこ》は考え込《こ》んでいた。

「わたしはまだ中村《なかむら》さんのことが好き。でも、本田《ほんだ》さんのこともいい人だと思っている。でも、中村《なかむら》さんがわたしのことを好きになってくれるなら、わたしはやっぱり本田《ほんだ》さんよりも中村《なかむら》さんとつき合ってみたい。でも、告白して断《ことわ》られたら……。ああ、もう、どうしたらいいのか、自分でもよくわからない！」

由香子《ゆかこ》はその時、あのカルテのことを思い出した。カルテの少し先のページを見たら、答えが書いてあるのだ。あの時は、先のことを知るのが怖《こわ》いと思ったけれど、今なら少しのぞいてみたい。

由香子《ゆかこ》は、街灯も少なく暗い夜道を早足で歩いた。ほとんど小走りのような感じで坂を上り切ると、やがてあの無機質《むきしつ》な白い建物を見つけた。

「まだ開いているのかしら?」

細長い窓《まど》からは、中はよく見えなかったが、先日のように四角い枠《わく》の前に立つと、中へ入ることができた。

「おや、やっぱり来たんですね」

男性《だんせい》はニヤリと笑うと、この間と同じ手順でファイルを取り出し、由香子《ゆかこ》に手渡《てわた》した。

由香子《ゆかこ》は大きく深呼吸《しんこきゅう》をしてから、ページをめくった。そこには……

「中村《なかむら》とリナがすでにつき合っていると知り、本田《ほんだ》とつき合うことにする」

と書いてあった。

「ウソ!　ウソでしょう?」

由香子《ゆかこ》は今にも泣きそうな顔で、ファイルを閉《と》じた。

「本当ですよ。確実《かくじつ》です。あなたが今、読んでしまいましたからね」

男性《だんせい》は淡々《たんたん》とそう言って、ファイルを元に戻《もど》した。

由香子《ゆかこ》は泣きながら、その建物をあとにした。

次の日、由香子《ゆかこ》は同僚《どうりょう》から中村《なかむら》とリナがつき合っていると聞いた。帰りにふたりが手をつないで歩いているところを見たので、それは事実にちがいないことがわかった。

こうして、由香子《ゆかこ》は本田《ほんだ》の告白を受け入れ、ふたりはつき合うことになった。

数年後、由香子《ゆかこ》は本田《ほんだ》と結婚《けっこん》し、ふたりの子どもをさずかって幸せに暮《く》らしていた。

あの町を去る時に、一度だけあの建物を訪《たず》ねようとしたが、なぜかどうやってたどり着いたのか、まったく思い出せなかった。

ある時、風の噂《うわさ》で、リナが精神《せいしん》をわずらって長いこと入院していると聞いた。

夫となった中村《なかむら》の暴力《ぼうりょく》と浮気《うわき》が原因《げんいん》だということだった。あの爽《さわ》やかな笑顔の裏《うら》に隠《かく》された中村《なかむら》の本性《ほんしょう》を知り、由香子《ゆかこ》は思わず身震《みぶる》いした。

ふたりの王女

昔むかしある国に、ふたりの王女がいた。

王さまとお妃《きさき》さまは、どちらの娘《むすめ》も同じように大切に慈《いつく》しんで育てたが、姉王女より妹王女のほうが器量よしで明るい性格《せいかく》だったので、お城《しろ》の家来たちや国民は妹王女のほうを慕《した》っていた。

この国には王子はいない。ゆくゆくは隣《となり》の国から王子を迎《むか》え、王女のうちのどちらかと結婚《けっこん》し、そのふたりでこの国を治めていくことになっていた。

「さて、どちらの王女と、隣《となり》の国の王子を結婚《けっこん》させようか」

王さまは考えた。そして、国の東と西に小さなお城《しろ》を建て、ふたりの王女に言った。

「これから、お前たちはそれぞれ、東の地方と西の地方を治めなさい。よりうまく治めたほうを、この国のあと継《つ》ぎとしよう」

姉王女は東のお城《しろ》、妹王女は西のお城《しろ》に住むことになった。

東は、海に面した地域《ちいき》で海岸沿《ぞ》いに漁港と果樹園《かじゅえん》が連なっている。西は、山と平地からなる地域《ちいき》で小麦の栽培《さいばい》と酪農《らくのう》が盛《さか》んだ。それぞれ豊《ゆた》かで平和な土地だったので、初めの年は、ふたりとも困《こま》ることなく上手《じょうず》にそれぞれの地方を治めた。

ところが次の年、東の地方で飢饉《ききん》が起きた。寒さでさっぱり魚が取れなくなり、果樹《かじゅ》園《えん》の木々も枯《か》れた。

姉王女は自分のお城《しろ》の庭園に布《ぬの》で作ったかんたんな家をたくさん並《なら》べ、弱った人々を住まわせた。また自分の財産《ざいさん》を使って、民の食べる黒くて硬《かた》いパンをたくさん焼いた。王さまの住む都から民の古着を送ってもらい、村の人に配った。

姉王女みずから汗《あせ》を流し、パンや古着を配る姿《すがた》に、東の民は感動し、「この方にこそ、この国を治めてもらいたい」と思うようになっていった。

「さすがお姉さま。私《わたくし》も見習わなくては」

妹王女も小麦など食料を送り、仲のよい姉王女を助けた。

翌年《よくとし》は、西の地方で飢饉《ききん》が起きた。雨が降《ふ》らず、小麦が育たない。家畜《かちく》は、病気が流行《はや》って減《へ》ってしまった。

妹王女は、民のためにできるだけのことをしようと心に決めた。

お城《しろ》の庭に家を作るのではなく、お城《しろ》の一部を開放して民を住まわせた。自分が食べているのと同じ、白く柔《やわ》らかいパンを焼いて配った。着るものがない娘《むすめ》には、自分の衣《い》装戸棚《しょうとだな》から好きなものを持っていかせた。

「私《わたくし》の持っているものなんて、すべて差し上げてもいいのよ」

もともと民に好かれている妹王女が気前のよいところを見せたので、人気はますます高まった。

将来《しょうらい》、この国を治めるのは妹王女しかいない、とほかの地域《ちいき》の人々も思った。

しかし、そのうち困《こま》ったことになった。

飢饉《ききん》が去っても、民は村へ帰らない。いつまでもお城《しろ》に住みたがり、白いパンを要求し、娘《むすめ》たちはみな、妹王女の豪華《ごうか》な衣装《いしょう》を欲《ほ》しがった。

一度知ってしまった快適《かいてき》さは、そうかんたんには手放せないのだ。

「どうして王女さまだけお城《しろ》に住めるの？」

小さな子どもの言ったひとことがきっかけとなり、お城《しろ》の中で民による略奪《りゃくだつ》が始まった。「どうして王女さまだけ」「自分も欲《ほ》しい」「もっと欲《ほ》しい」。高価《こうか》なものからそうでないものまで何もかもが奪《うば》われた。

民に襲《おそ》われそうになり都へ逃《に》げ帰った妹王女は、帰郷《ききょう》した姉王女に尋《たず》ねた。

「私《わたくし》は何がいけなかったのでしょう？」

「あなたは美しくて明るくて、だれからも愛されて育ったから、人間の嫉妬《しっと》や羨望《せんぼう》というものを知らなかったのですよ」

姉王女は隣《となり》の国の王子と結婚《けっこん》し、ふたりは上手《じょうず》に国を治めた。妹王女がその後どうなったのかは、伝えられていない。

リセットチョコレート

麻衣《まい》は、赤いレンガ造《づく》りのチョコレート専門店《せんもんてん》『ショコラ・ユウ』の前に立っていた。

(見つけちゃった……)

『ショコラ・ユウ』は魔法《まほう》のチョコレート店といわれている。突然《とつぜん》現《あらわ》れたり消えたりする不思議な店で《好きな人に告白したくなるチョコ》、《失恋《しつれん》の痛手《いたで》を一瞬《いっしゅん》で忘《わす》れられるチョコ》といった、これまた不思議なチョコレートを売っているらしい。

本当にその魔法《まほう》を必要としている人にだけ見える店だとか、単に迷《まよ》いやすい場所にあるからたどり着けないだけだとか、真相ははっきりしない。

「もしそのお店が見つかったら、朝比《あさひ》くんにチョコレートを渡《わた》す」と、麻衣《まい》が願かけのように心に決めて来てみたら、駅前通りをまっすぐ歩いただけで、すぐに赤いレンガ造《づく》りの店が見つかった。

「いらっしゃいませ」

バレンタイン前日なのに客はいない。ショーケースの向こうに立っている店員は、背《せ》の高い清潔感《せいけつかん》のある印象の男の人だった。

「バレンタイン用ですか？　もうほとんど売り切れちゃって、残っているのは一種類だけなんです。すみません」

「え、そうなんですか」

店員がショーケースから出してくれたのは、深い紺色《こんいろ》の指輪ケースのような小箱に入った、一粒《ひとつぶ》のチョコレートだった。

「きれい」

残りものとは思えないきれいなチョコレートだ。予算内であればもうこれでいい、これがいい、と思えるほど美しかった。

「これはですね、《必ず両想《りょうおも》いになるチョコレート》です」

「ええっ？」

「好きな人に渡《わた》せば、相手もあなたを好きになってくれます」

「そんなっ、ストレートすぎです。もう少し軽いの、ないですか」

《なんとなくいい感じになるチョコ》とか《両想《りょうおも》いなら本命チョコに、ダメなら友チョコに見えるチョコ》とか、そういったソフトな感じのチョコレートはあっというまに売り切れちゃって……。これが残ったんです」

「これはちょっと……」

「効果《こうか》のあらわれ方は人それぞれです。奥手《おくて》の人が食べた場合は、ゆっくり変化するはず。相手はどんな人です？」

麻衣《まい》は朝比《あさひ》の姿《すがた》を思い浮《う》かべた。隣《となり》のクラス、同じ陸上部で、マンガ友だち。おたがいの保有《ほゆう》しているマンガがちがうので、貸《か》し借《か》りし合うのに絶好《ぜっこう》の仲だった。麻衣《まい》としてはもう少し距離《きょり》を縮《ちぢ》めたいけれど、向こうにその気配はない。

「……あんまり恋愛《れんあい》には興味《きょうみ》なさそうな人です」

「だったら大丈夫《だいじょうぶ》ですよ。ほどほどに、ゆっくり進行するでしょう」

「じゃあ、……それ、ください」

麻衣《まい》はそのチョコレートを買った。魔法《まほう》の効果《こうか》もゆっくりだというし、これほどきれいなチョコレートはほかを探《さが》しても見つからないだろう、と思ったからだ。


バレンタイン当日の放課後、部活の終わった下駄箱《げたばこ》で、麻衣《まい》はいつものように朝比《あさひ》にマンガの入った袋《ふくろ》を渡《わた》した。いつもとちがうのは、中にチョコレートを入れてあることだ。朝比《あさひ》は気づかないでカバンに袋《ふくろ》を突《つ》っ込《こ》むと「じゃあ」とだけ言って帰っていった。

その夜、麻衣《まい》のスマートフォンの受信音が鳴る。ピコン。朝比《あさひ》からのメールだ。

《ありがとう。チョコおいしかった❤》

麻衣《まい》はベッドから転げ落ちる。

(ハートマークがついてる！　なんだこれは。これはなんだ。ハートマークだ)

朝比《あさひ》からのメールにハートマークなんて今までなかった。もともと絵文字や顔文字は使わないタイプだ。思わず麻衣《まい》の頬《ほお》の筋肉《きんにく》がゆるむ。

(これが《必ず両想《りょうおも》いになるチョコレート》の効果《こうか》なの⁉)

その日から、朝比《あさひ》の態度《たいど》が変わった。まわりにわかるほどではない。教室でも放課後のマンガの受《う》け渡《わた》しでも、表向きは今まで通りだ。

けれど麻衣《まい》は、確実《かくじつ》に変化を感じた。声が優《やさ》しくなった。目が優《やさ》しくなった。朝比《あさひ》のまわりに漂《ただよ》う空気が柔《やわ》らかくなった。

廊下《ろうか》ですれちがう時は、必ずにっこり笑ってくれる。

今日はマンガの入った袋《ふくろ》を受《う》け渡《わた》す時、手が触《ふ》れた。顔と指先が熱くなる。

(手がぁー、手がぁー。うれしい。あのチョコを渡《わた》してよかった)

ホワイトデーが近づいたある日、朝比《あさひ》からデートに誘《さそ》われた。

部活のない土曜日に、三十分ほど電車を乗《の》り継《つ》いだ先にある大きな書店に行こう、と言われたのだ。

麻衣《まい》は、男子とふたりで外出すること自体、初めてだ。ひとまず友だちに相談しておこうと、親友の可奈子《かなこ》を探《さが》して廊下《ろうか》を歩いていると、階段《かいだん》のそばで泣いている女子を見かけた。

(あれ、風香《ふうか》ちゃんだよね？　どうして泣いてるんだろう？)

麻衣《まい》は廊下《ろうか》にいた可奈子《かなこ》に尋《たず》ねてみた。

「風香《ふうか》ちゃん？　失恋《しつれん》したらしいよ。バレンタインにチョコレートをあげてダメで、あきらめきれずにアタックしてもダメで、とうとう、今週末は好きな子と遊びに行くからあきらめて、ってきっぱり断《ことわ》られたんだって」

「えっ？　相手はだれ？」

「そこまではわかんない。で？　麻衣《まい》の話は何？」

「なんでもない！」

風香《ふうか》は朝比《あさひ》と同じクラスでわりと仲がいいから、心配していた相手だ。もしかして、風香《ふうか》の誘《さそ》いを断《ことわ》ったのが朝比《あさひ》だとしたら……。

麻衣《まい》は怖《こわ》くなってきた。

もし麻衣《まい》が《必ず両想《りょうおも》いになるチョコレート》を渡《わた》さなければ、朝比《あさひ》は風香《ふうか》を選んだかもしれない。

朝比《あさひ》の優《やさ》しい目も声も、本当は風香《ふうか》に向けられるべきものだったかもしれない。土曜日に遊びに行こうと誘《さそ》われるのは、風香《ふうか》だったかもしれない。


デート前日、麻衣《まい》は、再《ふたた》び『ショコラ・ユウ』を探《さが》しにいった。見つからないかも、と心配したが、今回も店はすぐ見つかった。

「いらっしゃいませ」

前回と同じ店員が迎《むか》えてくれる。

「解毒剤《げどくざい》ください」

「はい？　ああ、あなたは先月のお客さま」

「あの、私《わたし》、苦しいんです。朝比《あさひ》くんとの距離《きょり》が近くなって、とってもうれしかったんですけど、私《わたし》がこんなチョコを渡《わた》さなければ、朝比《あさひ》くんは自分の本当に好きな人と仲よくなっていたかもしれないって思うと……。彼《かれ》を解放《かいほう》してあげたいんです。だからチョコの効果《こうか》を取り消す解毒剤《げどくざい》をください」

「それでは、これをどうぞ。《リセットチョコレート》です」

店員は、赤い箱に入ったきれいなチョコレートを出した。

「《リセットチョコレート》？　そんなのあるんですか？」

「たまにいらっしゃるんですよ、チョコの効果《こうか》を取り消して欲《ほ》しいという人が。だから作ってあるんです。人生に後悔《こうかい》はつきものですからね」

翌日《よくじつ》、麻衣《まい》は《リセットチョコレート》を持って書店に行った。

好きな人と好きな場所。これ以上楽しい時間はない。麻衣《まい》は最後の思い出に、今日だけは思い切り楽しもうと決めた。

写真集や絵本が置いてあるふだん行かない売り場も、ふたりでゆっくり見てまわる。

近くのフードコートでパスタを食べて、再《ふた》び店内に戻《もど》り、得意のマンガ売り場でうんちくを披露《ひろう》し合い、おすすめのマンガを選び合う。

再《ふた》びフードコートでクレープを食べて休憩《きゅうけい》する。

食べ終えてから、麻衣《まい》は、テーブルの上に《リセットチョコレート》を置いた。

「はいチョコレート。バレンタインのチョコとセットなの。今食べて。ここで食べて」

朝比《あさひ》は、チョコレートが入った箱のふたを開けて「きれいだな」と言ったあと、手を伸《の》ばそうとしない。しばらくして、麻衣《まい》にすまなそうな顔を向けた。

「ごめん、本当はチョコが苦手で、食べられないんだ」

「え？　だってバレンタインに、おいしかった、って……」

「実はあれも食べてない。まだ家の引き出しの中。でも、チョコをもらったことは本当にうれしかったんだ」

朝比《あさひ》は両手を合わせる。

「ごめん、食べてないって言えなくて。申しわけない」

朝比《あさひ》に深々と頭を下げられて、逆《ぎゃく》に恐縮《きょうしゅく》する。

「いいよいいよ、気にしないで」

麻衣《まい》は安心した。チョコレートの効果《こうか》でデートに誘《さそ》われたのではないのだと。

「あ、あれ？　ということは？　ねえ、今日、何で誘《さそ》ってくれたの？」

「え？　それ聞く？　今？」

「え？　あ……。いい。聞かない」

「え？　聞かないの？」

「いや……聞きますけど。えっと。ねえ、風香《ふうか》ちゃんからチョコもらった？」

「一応《いちおう》。ずっと断《ことわ》ってるのにわかってもらえないから、好きな子と今日、遊びに行くってことをきっぱり言った。あっ……」

ふたりはフードコートでしばらく照れ合ったあと、マンガを数冊《すうさつ》ずつ買って、仲よく帰った。

奇《き》妙《みょう》な村

男は、ほとほと困《こま》りはてていた。

急な出張《しゅっちょう》で地方へ来た。前もって交通の便の悪さを知っていたので、近くの比較的《ひかくてき》大きなS市でレンタカーを借り、自分で運転して目的地までたどり着いた。仕事を終えて、S市まで戻《もど》ろうとしたが、なぜかカーナビが作動しない。

スマートフォンで地図を見ようとすると、いつのまにか電源《でんげん》が落ちていて、何度再起《さいき》動《どう》しようとしてもできなかった。男はしかたなく、記憶《きおく》をたどりながら来た道を戻《もど》ることにした。

しかし、あたりを田んぼや山に囲まれた道路は、どこも同じような景色に見えて、戻《もど》っているのか、進んでいるのかさえわからなくなってくる。日が暮《く》れ始めた。

どこかで人に聞いてみないと、とんでもないところへ行ってしまいそうだな。

そう思った男は、ぽつりぽつりと人家がある集落のほうへと車を走らせた。たどり着いた小さな村には、確《たし》かに人家らしきものはあるが、人の気配がまったくない。

あきらめて舗装《ほそう》されていない細い道を走ろうとしたが、今度は車が故障《こしょう》したようで、うんともすんともいわなくなってしまった。

男は、車をその場へ放置して、だれもいない村をあてもなく歩き始めた。

日はすでにほとんどしずみ、ぽつぽつと街灯がつき始めたが、その数はとても少なく、かえって闇《やみ》の深さを引きたてるためにあるようだった。

「街灯がつくっていうことは、少しは住人がいるのか?」

男は、かすかな可能性《かのうせい》にすがるような気持ちで歩きまわった。そのうち、今にも崩《くず》れそうな、古い木造《もくぞう》の小さな待合室のあるバスの停留所《ていりゅうじょ》を見つけた。

薄暗《うすぐら》いなか、目をこらして時刻表《じこくひょう》を見てみたが、最終のバスは午後三時過《す》ぎだったようだ。

「もうないよ」

突然《とつぜん》、待合室の中から声がして、男は飛び上がりそうになった。

見ると、老婆《ろうば》がひとりで待合室のベンチに腰《こし》かけていた。

心臓《しんぞう》をバクバクさせたまま、男は尋《たず》ねた。

「すみません。そこで車が故障《こしょう》してしまって。S市まで行きたいんですが……」

「もう、日が暮《く》れた。明日《あした》にしたほうがええだろな」

「でも……」

暗闇《くらやみ》に目が慣《な》れてくると、老婆《ろうば》の足元にベビーカーがあるのに気づいた。日よけが下りているが、中には赤ちゃんが眠《ねむ》っているようだ。

年齢的《ねんれいてき》に考えて、孫だよな？　ということは、息子夫婦《むすこふうふ》とかと暮《く》らしているのかな？

男がそんなことを考えていると、

「うちへ来なさい。すぐだから。家族がいっぱいいて、にぎやかだけども」

と言って、老婆《ろうば》は立ち上がった。そして、ベビーカーを押《お》しながらよたよたと歩き出した。どこか怪《あや》しい雰囲気《ふんいき》の漂《ただよ》う老婆《ろうば》だが、家族がいるなら安心だろう。どちらにしろ、ほかになすすべのない男は、だまって老婆《ろうば》のあとにしたがった。

ますます闇《やみ》の深い山のほうへ入っていったところに、古くて大きな家があった。

「あがんなさい」

男にそう言いながら、老婆《ろうば》はベビーカーの日よけを上げ、赤ちゃんを抱《だ》き上げた。その様子を何気なく見ていた男は、老婆《ろうば》が灯《あか》りをつけた瞬間《しゅんかん》、その場に凍《こお》りついた。

老婆《ろうば》が抱《だ》いていたのは、人間の赤ちゃんではなかった。ベビー服を着せられてはいたものの、どこからどうみても木彫《きぼ》りの人形だった。

「おとなしくて、いい子だろ？」

老婆《ろうば》はしわだらけの顔をさらにくしゃくしゃにして、男に向かってほほえんでみせた。

「え、ええ。そうですね」

男は青ざめた顔に愛想笑《あいそわら》いを浮《う》かべながら答えた。

このばあさんは、ちょっと頭がおかしくなっているんだ。早く、家族に会って事情《じじょう》を話さないと。

「はいはい。お客さんだよ。ごめんね、騒《さわ》がしいだろ」

老婆《ろうば》が奥《おく》の部屋へ入りながら男にそう言ったが、物音ひとつ聞こえない。

いったい、何が騒《さわ》がしいんだ？

そう思いながら、老婆《ろうば》のあとに続いて部屋に入った男は腰《こし》を抜《ぬ》かしそうになった。

六畳《じょう》ほどの和室の中には、ところせましと木彫《きぼ》りの人形が置かれていたのである。先ほどの赤ちゃん同様、どれも丸太を粗《あら》く削《けず》っただけのような粗末《そまつ》なものだが、目にあたる場所には、ぽっかりと深いふたつの穴《あな》があり、すべての人形がその穴《あな》の奥《おく》から男を見つめているのを感じた。

「これがうちの家族だよ」

老婆《ろうば》は明るく言ったが、男はもう泣き出さんばかりの顔をして、あちこちぶつかりながら、家を飛び出していった。

男はでたらめに走って、なんとかもとのバス停があった道までたどり着いた。

そこへ立ちつくしていると、遠くのほうから、ちらちらと灯《あか》りが近づいてくるのが見える。あれは、車のヘッドライトだ！

男は車に向かって大きく手を振《ふ》った。車は男の少し手前で止まった。運転していたのは、優《やさ》しそうな中年の女性《じょせい》だった。

男が事情《じじょう》を話すと、女性《じょせい》はこころよく助手席のドアを開けてくれた。

「大変だったわね。助手席でいい？」

「もちろん、どこでも。助かります」

「この辺はバスが終わるのも早いしね。S市でいいのね？」

「はい。ありがとうございます」

電話を借りようかと思ったが、自分のスマートフォンが起動しなければ、だれの電話番号もわからないことに気づいてやめた。

まったく便利すぎて不便な世の中だ。まあ、S市まで乗せてもらえば、なんとかなるだろう。

女性《じょせい》の明るさのおかげで、男はようやく平静を取りもどしていた。当たりさわりのない世間話をしつつ、車は走っていった。

「そう、お仕事でいらしたの。——ちょっと、ふざけないで！」

口調が急にきつくなったので、びっくりして女性《じょせい》のほうを見ると、その目はバックミラー越《ご》しに後部座席《こうぶざせき》を見ていた。

「車の中でふざけたら危《あぶ》ないって、いつも言っているでしょ！」

さっきまでの明るくおだやかな感じとはうってかわって、女性《じょせい》がヒステリックに声を荒《あら》らげている。それにともなって、車のスピードもだんだん加速しているようだ。

「ちょっと、落ち着いてください。何なんですか？」

「だって、うしろの子たちが騒《さわ》がしくて」

その声を聞いて、男はぎょっとした。うしろの子たちが騒《さわ》がしい、だって？　それって、もしかして……。

男が後部座席《こうぶざせき》を振《ふ》り返ると、そこには老婆《ろうば》の家で見たのと同じ木彫《きぼ》りの人形がびっしりと並《なら》べられていた。

「うわあっ」

男は助手席のドアを開け、ほとんど転げるようにして走る車から降《お》りた。そして、そのまま気を失ってしまった。

警官《けいかん》に声をかけられ、男はハッと気がついた。すでに日が昇《のぼ》っていた。

パトカーでS市まで送ってもらい、レンタカー店に連絡《れんらく》して、無事に家まで帰ることができた。

あの村は、いったい何だったんだろう？

「パパ、おかえり！」

聞き慣《な》れた声に振《ふ》り返ると、そこに愛する息子の姿《すがた》はなかった。代わりに例の木彫《きぼ》りの人形がいて、ぽっかりと深いふたつの穴《あな》が自分を見つめていたのだ。

男は半狂乱《はんきょうらん》となり、声にならない声をあげてあとずさりをしたが、目をこすってもう一度よく見ると、そこにはいつものかわいい息子の姿《すがた》があるだけだった。

電源《でんげん》スイッチ

トーキは、ロボット工学者の助手である。大学を卒業してから五年、大学の恩師《おんし》である教授《きょうじゅ》の研究所で働いている。頭脳明晰《ずのうめいせき》で、手先は器用、理論《りろん》も製作《せいさく》も他をよせつけない優秀《ゆうしゅう》さであった。

研究所で働き始めた時からずっと、トーキは教授《きょうじゅ》のひとり娘《むすめ》であるリリのことが好きだった。

しかしリリは、風邪《かぜ》をこじらせ、重い肺炎《はいえん》になると、あっけなく死んでしまった。

トーキはなげき悲しんだ。

「先生、ぼくは、リリそっくりのロボットを作りたいです。本人が生き返ったかと思うような」

「今のわれわれの技術《ぎじゅつ》では無理だろう。私《わたし》はもう研究をやめるよ。リリのいない世界に何の興味《きょうみ》も持てない」

教授《きょうじゅ》は、研究所をトーキたちに任《まか》せると、山奥《やまおく》の農村へ引《ひ》っ越《こ》してしまった。

トーキはひとりでリリのロボットを作ることにした。

人間そっくりなロボットを作ることも難《むずか》しかったが、「リリそっくり」にすることはその何倍も難《むずか》しかった。なんといってもトーキは片想《かたおも》いで、リリのことをよく知らない。

ロボットをリリらしく作り上げるために、トーキはリリの友人を訪《たず》ね、何度も設定《せってい》をやり直し、リリの人格《じんかく》を作り上げていった。

ロボットが動けるようになると、トーキはいろんなところへ一緒《いっしょ》に出かけた。人間としての常識《じょうしき》を教えるためだ。ふたり寄《よ》り添《そ》い、話し合いながら外出を重ねる様子は、だれが見ても、仲のよい恋人《こいびと》同士だった。

ある日、トーキはロボットに言った。

「リリ、もう君はどこから見ても立派《りっぱ》な人間だよ」

「ありがとう。トーキ、あなたのおかげよ」

「よし、先生に会いに行こう。父親が認《みと》めてくれれば、完成だということはまちがいないだろう」

ふたりは山奥《やまおく》の農村へ教授《きょうじゅ》を訪《たず》ねにいった。

庭先へ迎《むか》えに出た教授《きょうじゅ》はおどろいた。車から降《お》りてくるロボットがあまりにもリリそっくりだったからだ。姿形《すがたかたち》、立《た》ち居振《いふ》る舞《ま》い、着ている服装《ふくそう》や持ち物、それらは自分が溺愛《できあい》した娘《むすめ》そのものだった。

教授《きょうじゅ》は思わずなみだぐみそうになる。

しかし、教授《きょうじゅ》を見たリリの目には、なつかしさや親愛の情《じょう》はこれっぽっちも浮《う》かばなかった。親の前だというのに「トーキ、ここは寒いわ」などと言い、トーキの腕《うで》にすがりついている。

トーキとリリは、教授《きょうじゅ》の家に上がったあとも、ぴったり寄《よ》り添《そ》って、こそこそささやき合っている。

ふたりは、リリがロボットだとばれないように、外出先では小声で話し合うのが癖《くせ》になっていただけなのだが、教授《きょうじゅ》は知らない。

「先生、とうとうリリそっくりのロボットができました」

トーキが応接間《おうせつま》でソファーに座《すわ》り、そう切り出した時には、教授《きょうじゅ》の心は冷めていた。

「いやちがう。これはリリではない。大失敗だ」

「そんな……どこがです?」

教授《きょうじゅ》は部屋の隅《すみ》に置いてある、古ぼけたクマのぬいぐるみを指さした。

「それが何だと思う?」

「わかりません」

「リリは、そのクマがないと眠《ねむ》れないのだよ。大人《おとな》になっても毎日抱《だ》いてベッドに入っていた。はずかしいから、と友だちにも内緒《ないしょ》にしてね。このことを知っているのはパパだけよ、と笑っていたよ。知らなかっただろう。つまり、君はリリのことを知らない。

全然知らないのだよ。そんな君に、リリを再現《さいげん》するなんて、不可能《ふかのう》だ」

「そんな……」

「それにリリはね、君のことを嫌《きら》っていたんだ」

「え？」

「本当だとも。君の好意に気づいていて、気持ち悪いとも言っていた。本物のリリなら、君と仲よくなるはずがない」

そう言うと教授《きょうじゅ》は、応接間《おうせつま》から出ていった。

ソファーから動かないトーキに、リリが声をかける。

「帰りましょう。いいじゃない。あの人に認《みと》めてもらえなくたってわたしはわたし。失敗じゃないわ」

「だめだ。失敗だ」

トーキは頭を抱《かか》えてソファーから滑《すべ》り落ち、床《ゆか》にうずくまる。

「わたしは、元のリリじゃないかもしれないけれど、もう立派《りっぱ》な人間よ。あなたもそう言ってくれたじゃない。わたしとあなたで、これから幸せになりましょう」

「そんなのだめだ。他人からどう思われる？　リリのできそこないと妥協《だきょう》して暮《く》らしていると思われるんだぞ、そんなのは嫌《いや》だ」

トーキはしばらく考えてから、顔を上げた。

「そうだ、作り直そう。一度、電源《でんげん》を切らせてくれないか。クマのぬいぐるみの記憶《きおく》を足そう」

「嫌《いや》よ！　やめて！」

逃《に》げようとするリリを押《お》さえつけ、トーキは首のうしろにある電源《でんげん》スイッチを押《お》した。

その場に崩《くず》れ落ちるリリの身体《からだ》。

ただの「物体」となったリリの身体《からだ》を見ると、トーキも少し冷静になった。

「こんなところで電源《でんげん》を切ってしまっても、運ぶのが面倒《めんどう》なだけじゃないか」

再設定《さいせってい》だって研究所に戻《もど》らなければできないのだ。

「適当《てきとう》に話を合わせて、帰って晩飯《ばんめし》を作らせたあとで、電源《でんげん》を切るほうがいい」

トーキは、リリを再起動《さいきどう》させようと、首のうしろをさぐった。

しかし、先ほど押《お》したスイッチがない。

「なんだ、これは」

その代わり血管のようなものが見える。押《お》さえた指から、脈のようなものも感じられる。そのうえ、温かい。

「うわっ！」

思わずリリの身体《からだ》を放り投げてしまった。

「痛《いた》い」

リリが頭を押《お》さえて、半身を起こした。

「リリ、あ、スイッチが入ったのか？　スイッチがないのに？」

リリは自分の首のうしろを触《さわ》り、感触《かんしょく》を確《たし》かめるように、首を何度かまわした。

「どうやって、そんなことが……」

「わからないわ。ただ、二度も同じ人間に殺されるという屈辱《くつじょく》に耐《た》えられなかったから、その怒《いか》りの力かしら」

「二度も同じ人間に殺されるって……」

「死ぬ直前に知ったのよ。風邪《かぜ》によく似《に》た症状《しょうじょう》から始まって死に至《いた》る毒薬があるって。あなたに『わたしは別の人とつき合う』って伝えた翌日《よくじつ》から、風邪《かぜ》を引き始めたのよね、わたし。今までのおわびだとか言って、あなたがクッキーをくれた直後よ」

「それは、リリの記《き》憶《おく》じゃないか。本物の！」

トーキは腰《こし》が抜《ぬ》けて立ち上がれない。床《ゆか》に座《すわ》ったまま、あとずさりする。

「完全主義《かんぜんしゅぎ》があだになったわね。あなたに親切にしてもらったロボットのリリのままなら、ずっとあなたを好きだったでしょうに」

トーキは身体《からだ》の違和感《いわかん》に気づいた。腕《うで》が重い。手足が固い。おそるおそる自分の首のうしろを触《さわ》ると、リリの身体《からだ》から消えた電源《でんげん》スイッチと同じ形の突起《とっき》があった。

「ああ、これは……どういうことだ」

リリの手がトーキの首に近づいていく。

木の上の子猫《こねこ》

「ミャア、ミャア」

天気のいい日。散歩していると、遠くから鳴き声が聞こえてきた。

どこからだろう？　キョロキョロとあたりを見まわしながら歩いていく。すると、道を曲がった先に、中学生くらいのお姉さんがふたりいて、心配そうな顔で上を見ていた。

「どうしよう」

「ヤバくない？」

僕《ぼく》も上を見る。すると鳴き声の主がすぐにわかった。

「ミャア、ミャア」

道路脇《どうろわき》に大きなケヤキの木があって、その木の五メートルくらいの高さに子猫《こねこ》がいた。

「あの子、大丈夫《だいじょうぶ》かな」

「助けて、って言ってるよね」

おもしろがって登ったのはいいけど、気がついたら枝《えだ》の先まで来てしまい、降《お》りられなくなったのだろう。

「助けてあげたいけど……」

「ママはどこかなあ」

「ミャァ、ミャァ」

子猫《こねこ》は不安そうに鳴いているばかり。

「どうしたらいいかな」

「学校の先生に相談してみようか」

「えー、でも学校まで戻《もど》ったら二十分以上かかるじゃない」

「そっかあ……どうしよう」

うんうん、困《こま》っているご様子ですね。だったら僕《ぼく》の出番だな。

彼女《かのじょ》たちの脇《わき》をすり抜《ぬ》け、僕《ぼく》は木の幹《みき》に飛びついた。

「えっ、うそぉ」

「子猫《こねこ》を助けてくれるんだ」

「危《あぶ》なくない?」

お、心配してくれてる。僕《ぼく》は小さいころから木登りをしてきたんだ。だから、このくらいの高さだったら問題なし。

それに実はね、はずかしいけど、僕《ぼく》もこんな風に木に登って、降《お》りられなくなった経《けい》験《けん》がある。この子猫《こねこ》の気持ちは痛《いた》いほどわかるんだ。だから助けてあげたいと思ったんだ。

僕《ぼく》は幹《みき》にガッとしがみついた。幹《みき》の太さはそれほどでもないから、両足に力を込《こ》め、ウンと踏《ふ》ん張《ば》ってひざを伸《の》ばす。そうすると体がちょっとだけ上にいくから、また高いところにしがみつき……同じ動きをくり返す。

「すごい、すごい」

僕《ぼく》はお姉さんたちにほめられて、ますます調子よく木に登っていく。

「ミャァ、ミャァ」

子猫《こねこ》が動けないでいる枝《えだ》の元まで来て、僕《ぼく》は下を見下ろす。

うわ、思ったより高いところまで来てしまったかも……。

「いいぞいいぞ」

「頑張《がんば》って」

応援《おうえん》はうれしいけど、僕《ぼく》、ちょっと足がすくんでます。でも、やるしかない。そうっと枝《えだ》に移《うつ》って、ゆっくりと子猫《こねこ》のほうに近づいていく。

おーい、チビ。こっちにおいで。そしたらお前を下ろしてあげるから。

あっ、コラコラ。揺《ゆ》らさないで。枝《えだ》が折れそう……。あああ、だから揺《ゆ》らしちゃダメだって……あ、ああああ……。

バキッ!

「キャァ〜」というお姉さんの叫《さけ》び声。僕《ぼく》とチビは真《ま》っ逆《さか》さまに落ちていく。

ああ……もう、ダメだあ……とあきらめた時。

モフッ！

僕《ぼく》は柔《やわ》らかい感触《かんしょく》に包まれた。た……助かったのか。

「よかったあ。アタシたちふたりがキャッチできて」

「ホントぉ、二匹《ひき》とも無事でよかった」

ふう〜やれやれ、助かった。だから僕《ぼく》は、チビの分も合わせてお礼を言った。

「ニャ〜オ」

完全主義《かんぜんしゅぎ》

僕《ぼく》は渡部和正《わたべかずまさ》。十五歳《さい》と三か月の中学男子で、自他ともに認《みと》める完全主義者《かんぜんしゅぎしゃ》だ。

たとえば、毎朝のジョギング。必ず五キロ走ると決めたから、雨の日も風の日も、台風の時すら走った。道路が工事中でも、別の道を通ってきっかり五キロにする。

テストは正確《せいかく》に解答《かいとう》するだけではなく、書き込《こ》む文字の配置にまで注意するし、二年と五か月着ている中学校の制服《せいふく》は、今でも入学式当日のようにキチンと折り目をつけている。ちなみに、前髪《まえがみ》は常《つね》に眉毛《まゆげ》の二センチ上の長さだ。

そんな僕《ぼく》が文化祭に発表する演劇《えんげき》の主役に立候補《りっこうほ》した時、異議《いぎ》を唱えるやつは、クラスの中にひとりもいなかった。当然のことだ。僕《ぼく》なら、完全に役を演《えん》じ切るからだ。

だが、僕《ぼく》が「主演《しゅえん》のほかに、監督《かんとく》もやりたい」と言うと、クラス中がざわめいた。

「主演《しゅえん》も監督《かんとく》も？　出しゃばりすぎだよな」

「渡部《わたべ》のための演劇発表《えんげきはっぴょう》みたいじゃん」

クラス対抗演劇《たいこうえんげき》コンテストは、この中学校の伝統的《でんとうてき》な行事で、秋の文化祭の目玉なのだ。僕《ぼく》を妬《ねた》ましく思うやつらがいるのも当然だろう。

「主演《しゅえん》と監督《かんとく》。どちらもやらせてもらえれば、必ず、完璧《かんぺき》な劇《げき》にする」

僕《ぼく》が言うと、まわりのやつらがやれやれといった表情《ひょうじょう》で顔を見合わせた。

「渡部《わたべ》が取り仕切るんだから、そりゃあすごい作品になるんだろうよ」

「完全主義者《かんぜんしゅぎしゃ》だもんねぇー」

担任《たんにん》が「渡部《わたべ》以外に立候補《りっこうほ》する者はいないか？」と聞いたが、進んで手を挙げる者はいなかった。目立つ役割《やくわり》を僕《ぼく》ひとりが持っていってしまうのはおもしろくないが、かといって大きな責任《せきにん》を負いたくもないのだろう。

「では、これで全員、演劇《えんげき》の役割《やくわり》が決まったな。二か月間、総合学習《そうごうがくしゅう》の時間を準備《じゅんび》にあてる。中学生活、最後の文化祭だ。みんなで力を合わせて頑張《がんば》ろう」

担任《たんにん》が明るくそう言ってみんなを見渡《みわた》すと、教室内にパラパラと拍手《はくしゅ》が起こった。

翌日《よくじつ》から始まった演劇《えんげき》の準備《じゅんび》で、僕《ぼく》はあらゆることに気を配った。

「何もかも完璧《かんぺき》にするんだ！　妥協《だきょう》は許《ゆる》さない！」

完璧《かんぺき》を求める僕《ぼく》と、楽に仕事を進めたいクラスメイト。最初のころは、おたがいの間に険悪《けんあく》なムードが漂《ただよ》っていたが、発表の日が近づくにつれ、だれも文句《もんく》を言わなくなった。

それほどに、演劇《えんげき》のクオリティが高まったからだ。

いつのまにか、クラス中に結束力が生まれていた。ほかの生徒が僕《ぼく》を見る目も以前とはちがっている。みんなは口々に僕《ぼく》をほめたたえた。

「すごいよ、渡部《わたべ》。うちのクラスの優勝《ゆうしょう》はまちがいないな！」

「クラスのためにここまで全力投球するなんて。見直しちゃった！」

「ゲストの三上《みかみ》監督《かんとく》も、見たらびっくりするかもな」

僕《ぼく》は「えっ？　それ、何の話だよ？」とおどろいてみせた。

「知らなかったのか、渡部《わたべ》。昨日《きのう》の学校通信に書いてあったよ」

「読んでいなかった。あの有名な三上監督《みかみかんとく》がゲストだなんて……！」

本当は、とっくに知っていた。そう、クラスで演劇《えんげき》の話し合いが行われる前から。校長が校内で三上監督《みかみかんとく》の電話を受け、話しているところに偶然居合《ぐうぜんいあ》わせたからだ。

三上監督《みかみかんとく》はこの中学の出身で、第一回の演劇《えんげき》コンテストの優勝監督《ゆうしょうかんとく》だ。今回は学校創《そう》立《りつ》三十周年記念なので、特別ゲストとして呼《よ》ばれることになっていたのだ。

それだけではない。僕《ぼく》だけが知っている情報《じょうほう》がある。優勝《ゆうしょう》したクラスの主演生徒《しゅえんせいと》は、三上監督《みかみかんとく》が脚本《きゃくほん》を書いた来年の大河《たいが》ドラマで役をもらえるというサプライズがあるのだ。

実は、俳優《はいゆう》になることがひそかな夢《ゆめ》である僕《ぼく》にとって、この文化祭は大きなチャンスだった。だから、主演《しゅえん》ばかりか監督《かんとく》にも立候補《りっこうほ》して、主役の僕《ぼく》が一番目立つように気を配ったのだ。

自分のためだけに演劇《えんげき》を成功させたいのが本音だったが、だれも気づいていない。

僕《ぼく》はニヤリと笑って心の中でつぶやいた。

「みんな、ご苦労さん。君たちは、僕《ぼく》の計画を成功させるために練習しているんだよ」

いよいよ文化祭の前日。体育館のステージで、本番さながらのリハーサルが行われた。僕《ぼく》は、ステージの全体を見渡《みわた》せる場所に監督用《かんとくよう》の椅子《いす》を置き、メガホンを持って座《すわ》った。ステージ上にいる僕《ぼく》の代役、佐藤《さとう》に声をかける。

「佐藤《さとう》。僕《ぼく》はここからリハーサルを見ているから、しっかりと代役を頼《たの》む。僕《ぼく》の代わりで演《えん》じているなんて思わずに、本気を出してくれよな！」

いつもはおとなしい佐藤《さとう》が、真剣《しんけん》な表情《ひょうじょう》でうなずいた。

「今まで君の代役ができただけでも光栄だよ、渡部《わたべ》くん。演技《えんぎ》することの楽しさを教えてくれて、君には心から感謝《かんしゃ》している」

「ああ。君はすばらしい代役だったよ」

僕《ぼく》は監督用《かんとくよう》の椅子《いす》に座《すわ》り、大きな声で言った。

「さあ、みんな！　本番だと思って力を出し切ってくれ！」

全員が声をそろえて「はい！」と返事をする。

リハーサルが始まった。それぞれが、自分の役割《やくわり》に真剣《しんけん》に取り組んでいる。

僕《ぼく》は、食い入るように演劇《えんげき》を見ていた。感動のあまり心が震《ふる》え、胸《むね》が熱くなるほどのでき栄《ば》えだ。三上監督《みかみかんとく》は、きっとこの作品を気に入るだろう。そして、優勝《ゆうしょう》のご褒美《ほうび》を与《あた》えられた僕《ぼく》は、大河《たいが》ドラマの役をきっかけに、俳優《はいゆう》人生をスタートさせるんだ――。

ラストシーンはなみだなくして見ることができないほどだった。僕《ぼく》は頬《ほお》に流れるなみだもそのままに、興奮《こうふん》して椅子《いす》から立ち上がった。

「みんな、すごいぞ！　このリハーサルは、まちがいなく今までの中でも最高のできだった！　何もかもが、これ以上ないほど完璧《かんぺき》だ！　明日《あした》の本番は今と何ひとつ変えずにやるぞ！」

その時、舞台《ぶたい》の上の佐藤《さとう》がおずおずと僕《ぼく》に聞いた。

「渡部《わたべ》くん。本当に、何ひとつ変えないつもり？」

「もちろんだ、佐藤《さとう》！」

「……じゃあ、僕《ぼく》もこのまま？」

佐藤《さとう》の言葉の意味を理解《りかい》するまでに時間がかかった。

クラス全員が、おどろいて僕《ぼく》を見ている。

ようやく、僕《ぼく》は自分が取り返しのつかない発言をしたことに気がついた。代役の佐藤《さとう》が主役を演《えん》じた劇《げき》を、完璧《かんぺき》だと言い切ってしまったのだ。

クラスの男子生徒が、感心したように僕《ぼく》を見て言った。

「渡部《わたべ》、お前の完全主義《かんぜんしゅぎ》を見くびっていたよ。あれほど演《えん》じたがっていた主役を佐藤《さとう》と交代してまで、完璧《かんぺき》を目指すなんて」

女子生徒も言う。

「私《わたし》、渡部《わたべ》くんは、自分が目立ちたくて主演《しゅえん》と監督《かんとく》に立候補《りっこうほ》したと思ってた。誤解《ごかい》していてごめんなさい。こんなにすごい人を疑《うたが》ったなんて、自分がはずかしい」

尊敬《そんけい》にあふれたみんなの視線《しせん》が痛《いた》い。

もはや引くに引けず、僕《ぼく》は言った。

「も、もちろん……明日《あした》の……主演《しゅえん》は……佐藤《さとう》さ」

動揺《どうよう》で声が裏返《うらがえ》る。

「本当に？　ああ、ありがとう！　渡部《わたべ》くん！　全力で主役を演じるよ！　あの三上監《みかみかん》督《とく》に演技《えんぎ》を見てもらえるなんて！」

突然《とつぜん》の主演《しゅえん》交代に佐藤《さとう》はなみだぐんで喜び、その場に歓声《かんせい》が上がった。

佐藤《さとう》、そんなに全力で演《えん》じなくていい。優勝《ゆうしょう》したら、お前に俳優《はいゆう》への道が開けてしまうじゃないか。そう言いたかったが、この場で口に出せるはずもない。

僕《ぼく》は「ははは」とひきつった顔で笑い、メガホンを口に当ててこう叫《さけ》んだ。

「本番は、何もかも完璧《かんぺき》にするんだー！　妥協《だきょう》は許《ゆる》さなーい！」

クラスのみんなが佐藤《さとう》を囲んで大騒《さわ》ぎする様子をぼんやりと見ながら、僕《ぼく》はひっそりと泣いた。

僕《ぼく》は渡部和正《わたべかずまさ》。十五歳《さい》と五か月の中学男子で、自他ともに認《みと》める完全主義者《かんぜんしゅぎしゃ》だ。

そう。自他ともに認《みと》める完全主義者《かんぜんしゅぎしゃ》なのだ――。

遺産《いさん》の壺《つぼ》

実業家の猫神太兵衛《ねこがみたへえ》が八十二歳《さい》で亡《な》くなったのは先週のこと。

お金や会社の株《かぶ》、不動産、骨《こっ》とう品《ひん》……太兵衛《たへえ》は巨額《きょがく》の財産《ざいさん》を遺《のこ》した。

今日は、彼《かれ》が住んでいた家に三人の息子たちが集まり、弁護士《べんごし》の立ち会いのもとで遺《ゆい》言書《ごんしょ》が公開されることになっていた。

「これこれ、お前たち。走りまわらないで」

孫たちに注意している太兵衛《たへえ》の妻《つま》、キミエさんは七十九歳《さい》。貧《まず》しかったころから苦楽を共にして、夫をかげで支《ささ》えてきた。

「はぁーい」

返事をした孫は三人。長男、次男、三男のひとり息子たちだ。太兵衛《たへえ》の息子たちは結《けっ》婚《こん》が遅《おそ》く、孫は皆《みな》まだ小学校低学年だ。

「もうすぐ、あなたたちのお父さまが到着《とうちゃく》します。猫神《ねこがみ》家の将来《しょうらい》を決める大事な話し合いなのですから、ちゃんとしてなさい」

故人《こじん》の妻《つま》として、また猫神《ねこがみ》グループを経営《けいえい》する息子たちの母親として、キミエさんは気丈《きじょう》に振《ふ》るまっていた。夫の太兵衛《たへえ》が亡《な》くなった悲しみはまだ残っているが、一族のために、まだまだ頑張《がんば》らなくてはいけない。

でも……とキミエさんは、ため息をつく。

息子たちは、兄弟仲がとても悪いのだ。大人《おとな》になってからはなおさらで、それだけがキミエさんの悩《なや》みだった。

遺産相続《いさんそうぞく》をめぐってケンカにならなければいいけど……と思いながら、家族会議が開かれる大広間を見渡《みわた》す。座布団《ざぶとん》が並《なら》べられた先の床《とこ》の間《ま》には、壺《つぼ》が置かれていた。

壺《つぼ》は、一億円の価値《かち》があると専門家《せんもんか》が言っていた。江戸《えど》時代に有名な陶芸家《とうげいか》が制作《せいさく》したものらしく、それをドイツで見つけた太兵衛《たへえ》が買ってきたのだ。

この壺《つぼ》ひとつでも相続争いになるだろう、とキミエさんは思っていた。

「それでは、猫神太兵衛《ねこがみたへえ》様の遺言書《ゆいごんしょ》を読み上げます」

弁護士《べんごし》が遺言書《ゆいごんしょ》を開くと、三人の息子たちは皆《みな》、ゴクリと息をのんだ。

長男の一郎《いちろう》は、太兵衛《たへえ》に代わって「猫神《ねこがみ》グループ」のトップとなった。今は、海外戦《かいがいせん》略《りゃく》の拠点地《きょてんち》になっているシンガポールに住んでいる。

次男の二郎《じろう》は、猫神《ねこがみ》物産の社長として日本での経営《けいえい》を任《まか》されている。キミエさんが暮《く》らすこの家のすぐ近くのマンションに住んでいて、太兵衛《たへえ》が亡《な》くなるまで世話をした。

三男の三郎《さぶろう》は、経営《けいえい》には関《かか》わらずに政治《せいじ》の世界に入った。今は国会議員だ。

それぞれの家族をキミエさんは眺《なが》めているのだが、三人の孫たちの様子がおかしいことに気がついた。慣《な》れない場面のためだろう、落ち着きなくモジモジしている。

弁護士《べんごし》が太兵衛《たへえ》の遺言書《ゆいごんしょ》を読み上げる。内容《ないよう》はキミエさんが予想した通りだった。

長男には、猫神《ねこがみ》グループの株式《かぶしき》と、この家を。

次男には、近くに所有するマンションを。

三男には、都内の別宅《べったく》を。

「遺言《ゆいごん》は以上です」と、弁護士《べんごし》が読み終える。

「ちょっと待ってくれよ」

口火を切ったのは二郎《じろう》だ。兄の一郎《いちろう》をにらんでいる。

「この家が兄貴《あにき》のものになるってのは、納得《なっとく》いかないな」

「二郎《じろう》、つつしみなさい」

「そうは言ってもさあ、オフクロだってわかってるだろ。亡《な》くなるまでオヤジの面倒《めんどう》を見てきたのはオレたちだぜ。兄貴《あにき》なんてシンガポールでバカンスみたいな生活してて、それでオヤジが死んだらこの家をもらいますなんて、調子がいいんじゃないか」

「バカンスとは失礼だな、二郎《じろう》」

今度は長男の一郎《いちろう》が、弟をにらんでいる。

「断《ことわ》っておくが、オレはバカンスでシンガポールにいるわけじゃない。猫神《ねこがみ》グループの海外展開《かいがいてんかい》を指揮《しき》するために、オヤジの命令であっちに行《い》ったんだ。お前みたいに日本でぬくぬくとぬるま湯に浸《つ》かっているやつとは大ちがいで、世界を相手に戦っている。オヤジはそれを認《みと》めてくれたから、この遺言《ゆいごん》を遺《のこ》したんだ」

「兄貴《あにき》は日本じゃぜんぜん使い物にならなかったから、オヤジが飛ばしたって、オレは聞いているけどな」

「なんだと……二郎《じろう》、お前、ケンカ売ってんのか」

「ああ、やってやろうじゃねえか」

「ふたりとも、おやめなさい！」

キミエさんが大声で制《せい》して、立ち上がっていた兄弟を座《すわ》らせた。

孫たちは、あわやケンカになりそうだった父親たちを、不安そうに見ていた。

すると、それまで兄たちの口論《こうろん》を黙《だま》って見ていた三郎《さぶろう》が話し出す。

「父さんが持っていた骨《こっ》とう品《ひん》のコレクションはどうなるのかな。あの壺《つぼ》とか、その奥《おく》にかけてある掛《か》け軸《じく》とか、かなりの値段《ねだん》がつくんでしょ」

「そうだよ。壺《つぼ》、あの壺《つぼ》だ」

二郎《じろう》が指さす。

「兄貴《あにき》はまったく知らないだろうけど、あの壺《つぼ》は一億円の値打《ねう》ちがあるんだ」

「なにっ本当か、二郎《じろう》」

一郎《いちろう》の目に力が入る。

「それなら、あの壺《つぼ》もオレが相続するんだろう。何しろ、この家にある壺《つぼ》だからな。オレがこの家を相続するってことは……」

「調子よすぎじゃないか、一郎《いちろう》兄さん」

三郎《さぶろう》が、一郎《いちろう》を止める。

「何もかも自分のものにしたいっていう気持ちが見え見えじゃないか。猫神《ねこがみ》グループのトップたる人が、お金にこだわりすぎるなんて」

「そ、そんなことは」

「私《わたし》は知っていますよ。一郎《いちろう》兄さん、海外のカジノで一億円負けたんでしょ」

「本当か、三郎《さぶろう》」

弟が味方に加わったと見るや、二郎《じろう》の顔が強気なものに変わる。

「あ～あ、これだから兄貴《あにき》は困《こま》るんだ。借金の返済《へんさい》にオヤジの遺産《いさん》をつぎ込《こ》むってコトですかぁ。それでよくもまぁ、猫神《ねこがみ》グループのトップでいられますねえ」

「二郎《じろう》！　お前、人のことを言える立場か。お前が株《かぶ》で失敗して、会社の金をつぎ込《こ》んでいることはわかってんだよ。それに三郎《さぶろう》も、国会議員の立場を利用して賄賂《わいろ》をもらってるんだよな。全部ばらしてやろうか」

「なんだと、クソ兄貴《あにき》」

「やんのか、コラ」

「兄さん、名誉毀損《めいよきそん》で訴《うった》えますよ」

三人が立ち上がる。

「あなたたち、いい加減《かげん》にしなさいっ！」

キミエさんが怒鳴《どな》る。

「私《わたし》はどうやら、あなたたちの育て方をまちがえたようです。こんなことでは亡《な》くなった父さんに顔向けできません。財産《ざいさん》なんてものがあるから、家族なのにケンカになってしまう。たとえばこの壺《つぼ》ひとつで言い争いです。……もう、こんなもの」

キミエさんは壺《つぼ》を持ち上げ、縁側《えんがわ》へ歩き出す。

「オ、オフクロ。何をするんだ。それでオレの借金が」

「やめろ、株《かぶ》の損失《そんしつ》が解消《かいしょう》できるんだぞ」

「そうだよ。一億円あれば次の選挙だって」

パリーン！

広い庭に、壺《つぼ》が割《わ》れる音が響《ひび》き渡《わた》った。

それは一億円が、彼《かれ》ら三兄弟の手元から離《はな》れていく音でもあった。

「相続については、また話し合いましょう。それと断《ことわ》っておきますが、これ以上みにくい争いを続けるのなら、私《わたし》は今後も壺《つぼ》を割《わ》ります。掛《か》け軸《じく》にも火をつけます」

三兄弟は肩《かた》を落として、妻子《さいし》と共に家を出ていった。

キミエさんはひとり、大広間に残っている。

――ふふ、いい気味だわ。壺《つぼ》を割《わ》った時の、あの子たちのおどろいた顔ったら……。

今思い出しても笑いが込《こ》み上げてくる。

こんなことになるのは、始まる前からわかっていた。だから私《わたし》は、あの子たちにお灸《きゅう》を据《す》えるために、ひと芝居《しばい》打ったの。

落として割《わ》った壺《つぼ》はニセモノ。

ホンモノは納戸《なんど》の中……。入れ替《か》えたのよ。

業者に依頼《いらい》して、ホンモノそっくりの壺《つぼ》を作ってもらったの。制作費《せいさくひ》には五十万円もかかったけれど、一億円の壺《つぼ》に比《くら》べたらね。それに五十万円で家族の絆《きずな》が取り戻《もど》せるなら、安い買い物じゃないの。


帰り道、三人の息子たちは反省の言葉を口にしていた。

「オレたち、やりすぎたな」

「仲たがいして、オフクロを苦しめていたんだ」

「もうケンカはやめて、兄弟仲よくやっていこうよ。兄さんたち」

その子どもたち、つまりキミエさんの孫たちは顔を見合わせていた。

家族会議が行われるちょっと前、ふざけて大広間を駆《か》けまわっていた時に、あの壺《つぼ》にぶつかって、小さな傷《きず》をつけてしまった。

あせった孫たちだが、同じ絵柄《えがら》の壺《つぼ》が納戸《なんど》に入ってることに気がつき、床《とこ》の間《ま》にあった壺《つぼ》と入れ替《か》えていたのだった。

――僕《ぼく》たち、一億円の壺《つぼ》を救ったんだよね。

――割《わ》れちゃった壺《つぼ》は五十万円だって、おばあちゃんが言ってたよ。

――でも、ホンモノの壺《つぼ》に傷《きず》をつけてしまったことを言ったら、お父さんたちに怒《おこ》られちゃうから、ずっと黙《だま》ってようね。

不思議な家

あれは、五、六歳《さい》のころだったろうか？

結構《けっこう》な田舎《いなか》に住んだことがある。家のまわりは田んぼばかりで、子どもの足でも少し歩けばたどり着くくらいの近所に、わりと深い森があった。

兄弟のいなかったぼくは、ひとりで時々、その森を訪《おとず》れた。

森の中には、古い木造《もくぞう》の小さな家があった。平屋で部屋の仕切りはなく、ボロきれのようなカーテンが窓《まど》にぶらさがっているほかは、特にこれといった家具もなく、がらんとしていた。

正面の扉《とびら》には、錆《さ》びついた鉄の鍵《かぎ》がかけられていたが、裏《うら》へまわると、古い木の板壁《いたかべ》の一部が腐《くさ》っていて、小さな子どもひとりがやっと入れるようなすきまがあった。幼《おさな》すぎて怖《こわ》いものなしだったぼくは、よくそこから家の中へ忍《しの》び込《こ》んでいた。

そのすきまは、作りつけの納戸《なんど》のようなものの中に続いていた。ぼくは、その納戸《なんど》の扉《とびら》を細く開けて、家の中の様子を確《たし》かめていた。

たまに、人の気配がすることもあった。自分の父親より少し若《わか》いくらいの男女がいたのを、何度か見かけたことがある。でも、さすがに見つかって怒《おこ》られるのは嫌《いや》だったので、そういう日は早々に退散《たいさん》した。

だれもいない日には、ぼくは大胆《だいたん》にも納戸《なんど》から出て、家の中の様子を見てまわった。

何もない部屋の隅《すみ》に、たったひとつだけ絵が立てかけてあった。

あれは男女だろうか？　真ん中に顔がふたつあり、四隅《よすみ》にもまた人の顔が描《えが》かれていた。

なんだか気味の悪い絵だな。見るたびにそう思った。

その奇妙《きみょう》な家へ忍《しの》び込《こ》むことは、ぼくにとってスリル満点の大冒険《だいぼうけん》だった。

この冒険《ぼうけん》は自分だけの秘密《ひみつ》にしておくつもりだったが、ある日とうとう、母親に感づかれてしまった。人の気配がしたのであわてて逃《に》げようとした時、ズボンのうしろのポケットを釘《くぎ》にひっかけて、破《やぶ》いてしまったのだ。それを問いただされたぼくは、正直に話すほかなかった。母親は、人様の建物に忍《しの》び込《こ》むなんて、とぼくを叱《しか》り、一緒《いっしょ》に謝《あやま》りに行こうと言って連れ立ったが、その時はなぜかその家を見つけることができなかった。昔からこのあたりに住む人に聞いても、そんな家は知らないという。

ぼくがひとりの時も、その家にたどり着ける日とたどり着けない日があった。その点については、ずっと不思議に思っていたが、一年もしないうちにこの町を離《はな》れることになり、この家のことは、ぼくの記憶《きおく》からすっかり遠ざかってしまったのだった。

小・中学校時代は、比較的真面目《ひかくてきまじめ》なほうだったと思う。勉強もそこそこできたし、学級委員とか生徒会委員とかをやったこともあった。

高校受験をして、行きたかった高校へ入れなかったあたりから、歯車がくるい始めたのかもしれない。いや、希望した高校じゃなくたって、それなりに青春は満喫《まんきつ》できたと思う。単に、自分が頑張《がんば》らなかっただけなんだ。

大学受験もせず、就職活動《しゅうしょくかつどう》もせず、何か目的があるわけでもなしに、だらだらとアルバイトを続けていた。

そんな時だった。アルバイト仲間からあの話を持ちかけられたのは。

ワクワクした。こんな大冒険《だいぼうけん》は久《ひさ》しぶりだったから。

みんなで計画を立てている時も、その計画を実行した時も、自分の中の血がワッと煮《に》えたぎっていた。ああ、ぼくは生きていたんだなと、その時実感したんだ。

しかし、ぼくはすべてにおいて、考え方が甘《あま》かった。ぼくらの計画は最初から穴《あな》だらけだったんだ。

ああ、なんてばかばかしいことをしてしまったんだろう。でも、どんなになげいたところで、一度起こしてしまったことは、元には戻《もど》らないのだ。

ぼくらは逃《に》げるしかなかった。うまくいけば、外国へ逃《に》げのびて、自由に暮《く》らせるようになるかもしれない。そんな、ほとんど白昼夢《はくちゅうむ》みたいな可能性《かのうせい》にかけて、こんな田舎《いなか》町《まち》までやって来たのだった。

ぼくはもう、三十歳《さい》になっていた。疲《つか》れた顔にはひげが生え、すっかり汚《きたな》らしい様相をしていた。計画を実行したのは六人だったが、ちりぢりになって逃《に》げることにした。

ぼくは恋人《こいびと》でもある英子《えいこ》とともに、縁《えん》もゆかりもない田舎《いなか》にたどり着いた。

パトカーにおびえ、森のほうへとやってきた時、急に雨が降《ふ》り出した。

最初は大木の下でしのいでいたが、英子《えいこ》が現金《げんきん》の詰《つ》まったカバンが濡《ぬ》れてしまうことを訴《うった》えるので、ぼくは雨宿りができるところを探《さが》した。

すると、薄汚《うすよご》れた木造《もくぞう》の小屋のようなものがあったので、そこへ入ることにした。扉《とびら》には錆《さ》びついた鉄の鍵《かぎ》がかかっていたが、ピンを使うとなんなく開けることができた。

中へ入ってみると、人の住んでいる気配はなかった。長い間、放置されたままだったようだ。相当ボロボロだが、雨風をしのぐことぐらいはできる。国外逃亡《こくがいとうぼう》までの仮住《かりず》まいとしては上できだった。

ぼくらはそこで、数週間を過《す》ごした。初めは地元の人にすぐ見つかるのではないかとびくびくしていたが、小屋のあたりは霧《きり》が濃《こ》く、人通りもほとんどなかったので、安心して体を休めることができた。夜中に町へ下りていってコンビニで食料を調達し、仲間とは携帯電話《けいたいでんわ》で連絡《れんらく》を取り合った。

やがて、仲間のうちのリーダー格《かく》の先輩《せんぱい》が、ぼくらの小屋を訪《たず》ねてきた。

彼《かれ》は頼《たよ》りになる人物だ。うれしかった。

だが、ほっとしたのはほんの一瞬《いっしゅん》だった。彼《かれ》はぼくを殴《なぐ》り倒《たお》して、さらに何発もけりを入れ、手足をしばってさるぐつわまでかませると、出て行ってしまったのだ。英子《えいこ》と、現金《げんきん》の詰《つ》まったカバンを連れて……。

ぼくは、かびくさい木の床《ゆか》に寝転《ねころ》がりながら、薄汚《うすよご》れたカーテンを見つめた。そして、そうしているうちに、幼《おさな》いころの記憶《きおく》がよみがえってきたのだ。

これは、あの時ぼくが家だと思っていたところなんだ。そして、自分の父より少し年上の男女というのは、実は三十歳《さい》になったぼく自身と英子《えいこ》のことだったのだ。

ぼくは手足をしばられたまま、イモムシのようにはいずりまわって、細く開いていた扉《とびら》から、納戸《なんど》の中をのぞいた。すると、少しだけ外の光が差し込《こ》んでいる。あれはきっと、幼《おさな》いころのぼくが出入りしていたすきまだ。かすんできた目をよくこらして見ると、ズボンのうしろのポケットを釘《くぎ》にひっかけ、破《やぶ》れたまま去っていく小さな男の子のうしろ姿《すがた》があった。

ああ、やっぱり……。

最後にもうひとつだけ、ぼくには確《たし》かめたいことがあった。部屋の隅《すみ》にほこりだらけになって置いてあった四角いもの。

そばへ行って、顔をこすりあててほこりを取ると、そこにはあの気味の悪い絵があった。この絵の六つの顔は、銀行強盗《ぎんこうごうとう》をしたぼくたち六人の顔によく似《に》ている。そんなことを思いながら、ぼくの意識《いしき》はだんだんと遠のいていった。

ソメコさんの着物

わたしはもう長いこと、たんすの中で眠《ねむ》っていたようです。

久々《ひさびさ》の光にちょっと面くらいましたが、目の前にあるお顔を見て、わたしはほっとしました。しばらくお会いしない間に、だいぶお年を召《め》されてはいましたけど、持ち主を忘《わす》れるわけがありません。そこにいたのは、ソメコさんでした。

でも、どうしたんでしょう？　ソメコさんは、とても悲しいお顔をしています。

「ああ、このお着物をもらった日、とってもうれしかったわ」

ええ、わたしもまるで昨日《きのう》のことのように、はっきりと覚えております。わたしは、ソメコさんのだんなさんであるユウジロウさんが、結婚《けっこん》一年目の記念日にソメコさんにプレゼントした着物なのです。

包みがほどかれ、初めてソメコさんと対面した時の、あのうれしそうなお顔ったら。

「お母さん、お茶にしない？」

あ、聞き覚えのある声です。娘《むすめ》のカホさんですね。まあ、大きくなって。あら、その小さい子は、カホさんの娘《むすめ》さん？　ソメコさん、お孫さんもいらっしゃるのね。

ところで、ユウジロウさんはお元気かしら？

「これでだいたい、お父さんの遺品《いひん》の整理はついたわね」

イヒン？　遺品《いひん》？　まさかユウジロウさん、亡《な》くなってしまったの!?　そんな！

「そうね。ほら、この着物。なつかしくて見てたの」

「ああ、その着物、お母さんが着ていたのを覚えているわ。いい色よね。お父さん、センスがよかったんだ。あ、わたし、着てもいい？　この子の入学式、そろそろだし」

「もちろんよ。お父さんも、この着物もきっと喜ぶわ」

ええ、確《たし》かにそれはうれしいです。でも、ユウジロウさんが亡《な》くなられていたなんて、さびしい……。もう一度、お会いしたかった。

ユウジロウさんは、迷《まよ》いに迷《まよ》った末、わたしを選んでくださいました。

「こちらがいいね。とても上品な色と柄《がら》で、あの人によく似合《にあ》いそうだ」

そう言われた時、わたしはとってもうれしくて、早く「あの人」にお会いしたくてたまらなくなりました。

当時のソメコさんは、まだお若《わか》くて、着物を着ることに慣《な》れていないようでした。

わたしはいつも、

「だいじょうぶですよ。気品のある立派《りっぱ》なご婦人《ふじん》に見えるよう、わたしが守ってあげますから」

という気持ちで、ソメコさんを包んでいました。

お正月のごあいさつ、カホさんの入学式や卒業式、ユウジロウさんとともに出席した、ご友人の結婚式《けっこんしき》……。たくさんの大切な場を、わたしはソメコさんの一番近くで過《す》ごしました。

でも、そのうちソメコさんが年を重ねるにつれて、わたしの色や柄《がら》が似合《にあ》わなくなってきたのです。それで、次第に出番が減《へ》り、たんすの中で眠《ねむ》ることになりました。

わたしが眠《ねむ》っている間に、カホさんが結婚《けっこん》し、お孫さんが生まれ、ユウジロウさんが亡《な》くなってしまった。時はいつのまにか、移《うつ》り変わっていたのですね。

安心してください。今度はカホさんのことを、気品のある立派《りっぱ》なご婦人《ふじん》に見えるよう、わたしが守ってあげますから。

こうして、わたしはカホさんのことを包み、カホさんの娘《むすめ》のミズホちゃんの入学式や卒業式にも参加させてもらったのでした。

やがて、カホさんもだいぶ年を重ねました。再《ふたた》び、わたしの出番がなくなってしまい、わたしはまた長いこと、たんすの中で眠《ねむ》ることになりました。

どれくらい、眠《ねむ》っていたのでしょう。

「ねぇお母さん、この着物、わたしも着てみたい」

久《ひさ》しぶりに目を開けると、そこにはすっかり成長したミズホちゃんの顔がありました。

「でも、おばあちゃんが若《わか》い時のものだから、もうだいぶ古いのよ」

カホさんは、わたしのことをていねいに点検《てんけん》しながら、

「ほら、ここのところ、シミになっちゃってる。これはきっともう落ちないわね。お母さんも結構《けっこう》着たからね。生地《きじ》もだいぶくたびれちゃってるわ」

「なあんだ。着れないの？　残念」

それを聞いて、わたしはとても悲しくなりました。もう着てもらえないんだわ。

でも、わたしは幸せだった。ソメコさんだけでなく、カホさんともあちこちにお出かけできたし、とても大切にしてもらえましたから。

「すてきなお着物ですね」

と言われるたび、ふたりがうれしそうにしていて、わたしまでうれしくなったものです。

わたしはあたりを見まわしました。カホさんの背中越《せなかご》しに、上品な笑みを浮《う》かべているソメコさんの遺影《いえい》が見えました。ああ、とうとうソメコさんも亡《な》くなってしまったのね。わたしも、そろそろ寿命《じゅみょう》を迎《むか》えてもいいころだわ。

そんなふうに思っていた時、ミズホちゃんが、わたしをふろしきに包み、抱《かか》えてどこかへ連れ出しました。いったい、どこへ連れていかれるのかしら? 着いたところは、小さな工房《こうぼう》のような場所で、色とりどりの生地《きじ》が重ねられていました。そこにいた職人《しょくにん》のような男性《だんせい》が、大きなはさみをわたしの体に向けました。

ああ、わたしもとうとうこれで最後なのね。わたしはそっと目をつむりました。

「お母さん、見て! すてき!」

いったい、どうしたことでしょう? ミズホちゃんの声で、再《ふたた》び目が覚めました。どうやらわたし、まだ生きているようです。でも、なんだか様子がちがいます。

「あら、いいじゃない。あの着物がすてきな日傘《ひがさ》に生まれかわったのね」

カホさんの声に、わたしは最初とてもおどろきましたが、今度はミズホちゃんとお出かけできることをうれしく思いました。天国のソメコさん、ミズホちゃんが気品のある立派《りっぱ》なご婦人《ふじん》に見えるよう、わたしはもう少し、こちらで頑張《がんば》りますね。

十億円宝《たから》くじ

日曜日の朝。突然《とつぜん》、パジャマ姿《すがた》でスポーツ新聞を読んでいた父が言った。

「大変だ……！　当たったぞ……！」

まるで、喉《のど》をしめられているような声に、家族全員がとりあえず振《ふ》り返る。父は水から上がった魚のように口をパクパクさせ、体をブルブルと震《ふる》わせていた。

「あなた。どうしたの？　食べすぎでおなかでもこわしたの？」

母が朝食の準備《じゅんび》をする手を休めずに聞く。

父は、手に持った宝《たから》くじを高く掲《かか》げて叫《さけ》んだ。

「じ、じ、十億円の宝《たから》くじが当たった！　一等、１２３４５６番！」

「ええっ！　じ、じ、十億円？」

家族全員が息をのむ。母の手から剥《む》きかけのリンゴが落ち、床《ゆか》を転がった。

「……ウソ。マジ……？」

口の中のパンをごくりと飲み込《こ》み、つかえそうな胸《むね》をたたきながら亜子《あこ》は聞いた。

父が額《ひたい》の汗《あせ》を拭《ふ》き、震《ふる》え声で言う。

「ああ、本当だよ。みんなで出かけたショッピングセンターの抽選《ちゅうせん》で、景品にもらった宝《たから》くじ。あれが当たった」

「じゃあ、みんなで山分けだよな？　ヤッター！　最新のゲーム機を買い放題だ！」

朝からゲームに熱中していた兄の正人《まさと》が、古いゲーム機を放り投げてバンザイした。

両手を合わせ、夢《ゆめ》見るように母が言う。

「すぐに家を買いたいわ！　おしゃれな玄関《げんかん》に最新型のキッチン。広い庭は庭師《にわし》に手入れしてもらうのよ！　老後の心配もしなくて済《す》むのね！　正人《まさと》と亜子《あこ》の大学費用も心配ないし、私立大《しりつだい》の受験特別コースのある塾《じゅく》へも通わせられるわ！」

「そんなにお金があるのに、大学なんて行く意味あんの？　それより、大型客船で船旅に出よう。海の上だけに出現《しゅつげん》する、超《ちょう》レアなゲームモンスターがいるんだって！」

目をかがやかせる兄に、亜子《あこ》がダメ出しをする。

「お兄ちゃんはゲームのことばっかり。旅行なら、私《わたし》は世界中のテーマパークをまわりたい！　クラスのお金持ちの子が行ったんだよ。うらやましかったんだー！」

「旅行もいいけど、お母さんは宝石《ほうせき》とバッグも欲《ほ》しいわ。十億円だものね！」と母。

「俺《おれ》、うちの車を高級車に替《か》えて欲《ほ》しい。三台くらい余裕《よゆう》だよな？」と兄。

「その子は、高原に別荘《べっそう》を持ってるんだって！　うちも別荘《べっそう》を買おうよ！」と亜子《あこ》。

みんなは突然《とつぜん》の熱病にかかったように興奮《こうふん》し、笑ったり飛び跳《は》ねたりした。大きな夢《ゆめ》を語るおしゃべりが止まらない。すると、父が小さく咳払《せきばら》いして言った。

「あー……。盛《も》り上がっているところをすまんが……」申しわけなさそうに家族を見、小声で続ける。「当たったことは当たったが、残念ながら123456番の組ちがいだった」

みんなが動きを止め、父を見た。「組ちがい？　それっていくら当たったってこと？」

父が言いにくそうに口を開いた。

「……十万円」

家族の間に、重苦しい沈黙《ちんもく》が下りる。冷たい空気の中、兄が舌打《したう》ちして言った。

「チェッ。たったの十万か。車三台どころか、一台も買えねーし」

すぐにゲーム機を拾い上げ、ゲームの続きを始める。

「なんだー。近場の遊園地でもやっとじゃん」

亜子《あこ》は宝《たから》くじの話に興味《きょうみ》を失い、テレビを見てテーブルの上のパンを食べ始めた。

「あなた、そんなちっぽけな当たりくじで、みんなに期待を持たせるなんて！　家を買うなんて夢《ゆめ》のまた夢《ゆめ》ね。もうこの話はしたくないわ！」

母はプンプン怒《おこ》ってそう言うと、床《ゆか》からリンゴを拾って皮を剥《む》き始めた。

十億円の夢《ゆめ》を見たあとでは、十万円はあまりに少額《しょうがく》に感じるものだ。

「そうか。みんな興味《きょうみ》がないのか。しかたない。これは俺《おれ》がもらっておこう」

わざと大金の当せんをにおわせた父は、当たりくじをパジャマのポケットに入れ、にんまりと笑った。

友だちの木

少年は孤独《こどく》だった。

まだ小学二年生だというのに、親の都合ですでに三度目の転校。

もともと引《ひ》っ込《こ》みじあんな性格《せいかく》のうえに、その土地に慣《な》れてきたころには引《ひ》っ越《こ》すことになるため、友だちができない。

両親も忙《いそが》しくしているし、ひとりっ子だから、家にいてもかまってもらえない。

どこにいてもぼくは透明人間《とうめいにんげん》みたい——少年はそう感じていた。

子どもたちがワイワイガヤガヤと騒《さわ》がしい下校時間、少年の孤独《こどく》はいっそう深まった。

「いっしょに帰ろう！」

「今日、家へ遊びに行ってもいい？」

飛びかう弾《はず》んだ声は、いつも自分を素通《すどお》りしていく。少年は歩みを速めて、ただただまっすぐに進んだ。

十字路へたどり着いた時、少年はいつものように左へ曲がりかけて、ふと立ち止まった。

ほかの道は、まだ歩いたことがない。その先にはいったい何があるんだろう？

少年は曲がるのをやめて、まっすぐ進んでみることにした。

そこには、住宅街《じゅうたくがい》の延長《えんちょう》があるだけだったが、今まで見たことのない家、見たことのない犬、見たことのない店を眺《なが》めながら、少年はいろいろな気持ちを味わった。

しばらく進むと、左側に小さな公園のようなものが現《あらわ》れた。少年は、そこへ入ってみた。小高い丘《おか》になっているようで、土でできた階段《かいだん》が上へと続いている。少年は何かに導《みちび》かれるように上り始めた。

息を切らしながら長い階段《かいだん》を上り終えると、開けた場所に出た。

「わあっ！」

少年は思わず歓声《かんせい》をあげた。

こぢんまりとした広場の真ん中に一本の大きな木が立っていて、眼下《がんか》に広がる街を見下ろしていたのだ。

少年は、その木に駆《か》け寄《よ》った。そして、その幹《みき》にそっと触《ふ》れてみた。しばらくそうしていると、風が吹《ふ》いて枝《えだ》や葉がやさしく揺《ゆ》れた。

そのうち少年は、自分の手がやっと届《とど》きそうなあたりに、まるで人の笑顔のようなものがあるのに気づいた。

「この木の顔みたい。笑ってるんだ」

今度は両腕《りょううで》を広げて、その太い幹《みき》に抱《だ》きついた。抱《だ》きついたまま、首だけを上に向けて空をあおぐ。緑色の葉が重なりあう細かなすきまから、空の青色が見え、キラキラと光がこぼれる。

少年は首が痛《いた》くなるまで、自分で見つけた宝物《たからもの》のような光景をずっと見つめていた。

ああ、ここは、なんて居心地《いごこち》がいいんだろう。

木はただ立っているだけだったが、少年は木に優《やさ》しく抱《だ》きしめられているように感じていた。

その日から少年は、毎日のようにその木に会いに行った。

木はいつも優《やさ》しかった。そして、いつも少年のことをちゃんと受け止めてくれた。

「先生がね、ぼくのこと、ほめてくれたんだ。字が上手《じょうず》だって」

会話はいつも一方通行だったが、少年には木がちゃんと聞いてくれているのがわかった。そのうち、木があいづちを打ったり、自分の意見を言ってくれたりしているような気がすることもあった。

数か月がたったころ、少年は悲しみにしずんでいた。両親から、引《ひ》っ越《こ》しの話を切り出されたのだ。

引《ひ》っ越《こ》しの前日、少年はいつものようにあの木に会いに行った。そして、その太い幹《みき》にそっと手を触《ふ》れた。初めて会った時のように。

木は何も言わなかった。少年も黙《だま》っていた。やがて、足元にぽたぽたと小さな丸いしみが増《ふ》えていった。

それから十年ほどたったある日、高校生になった彼《かれ》は、夏休みを利用してひとりであの木に会いに行った。しかし、会うことはできなかった。街の再開発《さいかいはつ》のために、あの木は小さい公園もろとも姿《すがた》を消していたのである。彼《かれ》のショックは計りしれなかった。がっくりとうなだれて、とぼとぼと帰ることしかできなかった。

それからさらに十年ほどたって、少年はすっかり大人になった。友だちもたくさんいるし、恋《こい》をして結婚《けっこん》もした。今では、小さな女の子の父親でもある。

そんな彼《かれ》が選んだ職業《しょくぎょう》は樹木医《じゅもくい》だった。その名の通り、木の医者だ。木との再会《さいかい》をはたすことができなかった彼《かれ》は、樹木医《じゅもくい》が書いた本を読んで、この道を目指すことにした。その本には、樹齢《じゅれい》を重ねた大木を別の土地に移植《いしょく》したという内容《ないよう》が書かれていたのだ。

自分にもしそんなことができたら、あの木を助けられたかもしれない。あの木と同じように、開発のために犠牲《ぎせい》になる木を少しでも残していけたら……。そう思って、これまでにも何度か大木の移植《いしょく》にたずさわってきた。

今日、彼《かれ》は依頼《いらい》を受けて古い木の診察《しんさつ》に来ていた。

木の下からわかる範囲《はんい》で、幹《みき》の様子、根の様子、枝《えだ》や葉の様子を確認《かくにん》したあと、高いところにある枝《えだ》の部分を診《み》てみることにした。外側から見て平気そうでも、枝《えだ》の中が腐《くさ》って空洞《くうどう》になっていることがあるのだ。

高所作業車を使って近くまで行き、そこからはロープをつけて枝《えだ》を上った。昨日《きのう》雨だったせいか、枝《えだ》が滑《すべ》りやすい。慎重《しんちょう》にいかないと、と思った矢先、古くなって腐《くさ》っていたのか、足をかけた枝《えだ》が折れてしまった。

危《あぶ》ないっ！

安全策《あんぜんさく》としてロープをつけてはいるものの、それでも体を幹《みき》に打ちつけて、大ケガをすることがある。

その時、ふとなつかしい感じがした。この包まれている感じ、抱《だ》きしめられている感じは……。気づくと彼《かれ》は、丈夫《じょうぶ》そうな枝《えだ》の上にしっかりと立っていた。

「あれ？　いったいどうなっているんだ？」

不思議に思って木を見上げた時、彼《かれ》はその木の幹《みき》に優《やさ》しい笑顔のようなもようがあるのに気づいた。

「ああ、この木も笑っている。もしかして、助けてくれたのかな？」

診察《しんさつ》を終え、無事に下へ降《お》りてきた彼《かれ》は、依頼《いらい》主に診察《しんさつ》の結果を説明している時、この木の歴史を聞いた。

「この木はもともと、隣《となり》の県の小さな公園にあったんですが、土地開発で切られそうになり、ここへ移植《いしょく》されたんですよ」

「えっ、そうなんですか？」

よくよく聞いてみると、この木は彼《かれ》が幼《おさな》いころに少しだけ住んでいた土地から、ここへ移植《いしょく》されたというのだった。彼《かれ》は二十年ぶりに、親友に再会《さいかい》することができたのである。診察《しんさつ》を終えた彼《かれ》は、老いた木の幹《みき》に抱《だ》きつき、しばらくそこから離《はな》れなかった。

降《ふ》るモノ

翔子《しょうこ》は中学の入学祝いにセキセイインコのヒナを買ってもらった。

生き物が苦手な両親と、長年、交渉《こうしょう》を重ね、やっと勝ち取った念願のペットだ。

「名前はミカエリアス・ハーパラメント。ふだんはミカって呼《よ》ぶの」

ミカの湿《しめ》った黄色い毛はまだ生えそろっておらず、胸《むね》のあたりは皮膚《ひふ》が見えている。

最初はグロテスクだと思った翔子《しょうこ》だが、すぐに慣《な》れて鳥皮のブツブツも愛《いと》おしく思うようになっていった。

春休みの間は、一日に何度もお湯で餌《えさ》をふやかして食べさせ、そのたびに頬《ほお》ずりをし、止まり木に止まる練習をさせ、つきっきりで世話をした。

「ミカ。翔子《しょうこ》、しょーこ、って言ってごらん」

かわいがった甲斐《かい》はあって、ミカは手乗りインコとしてすくすく育ったが、インコ特有の「人間の言葉の真似《まね》」はなかなかしない。

気長に教えるしかない、と翔子《しょうこ》があきらめかけた時、突然《とつぜん》教えてもいない言葉をミカが発した。

「アメ」

「今、アメって言った？　飴《あめ》？　雨？」

その後も、翔子《しょうこ》が教えた言葉は一向に口にしないまま、時々「アメ」という。

注意して観察してみると、「アメ」と言った翌日《よくじつ》は、雨が降《ふ》っていた。

「天気予報《てんきよほう》のできるインコかも」

自分のペットがただかわいらしいだけでなく、自慢《じまん》できる特技《とくぎ》を持っているなんて。

翔子《しょうこ》は有頂天《うちょうてん》になって、同じクラスの由子《よしこ》に話した。

「は？　何言ってんの？　翔子《しょうこ》、大丈夫《だいじょうぶ》？」

まったく信じてもらえない。もともとミカエリアス・ハーパラメントという名前で、そこそこヒンシュクを買っている。ミカの天気予報説《てんきよほうせつ》は周囲のクラスメイトにも笑われただけだった。

その後もミカが「アメ」と言うたび雨は降《ふ》ったが、季節が梅雨《つゆ》ということもあって、「適当《てきとう》に言っても当たるだろう」とだれも信じてくれない。

それどころか、翔子《しょうこ》とミカのことをおもしろおかしく話す由子《よしこ》のほうがまわりのウケがよく、担任《たんにん》の教師《きょうし》からも笑われる始末だ。

プール開きもすんだ夏の初め、ミカが突然《とつぜん》「ヒョウ」と言った。

「ヒョウ！　夏にヒョウが降《ふ》るのね。これなら信じてもらえるわ」

翔子《しょうこ》は、由子《よしこ》にメッセージを送った。

《うちのミカが、ヒョウが降《ふ》るって言ってる！》

本当に翌日《よくじつ》、七月の土曜日にヒョウが降《ふ》った。

「ミカはすごいね。明後日《あさって》は、みんなほめてくれるよ」

月曜日、翔子《しょうこ》が期待しながら学校に行くと、教室の空気が重い。聞くと、土曜日は水泳部の大会があって楽しみにしていたクラスメイトもいたのに、ヒョウのせいで中止になってしまったらしい。

「翔子《しょうこ》がインコの呪《のろ》いでヒョウを降《ふ》らせたんでしょう」

「呪《のろ》いだなんて。ちがうよ。ミカは降《ふ》ってくるものを予言するだけだよ」

インコの天気予報《てんきよほう》はだれも相手にしなかったのに、インコの呪《のろ》いはあっというまに知れ渡《わた》った。みんなが残念がった土曜日の天気を喜んだことも一因《いちいん》となって、翔子《しょうこ》はクラスで孤立《こりつ》した。「呪《のろ》い女」と呼《よ》ばれ、休み時間はひとりで過《す》ごすようになる。

翔子《しょうこ》が学校を嫌《きら》いになり始めたある日、ミカが言った。

「インセキ」

「ミカ、インセキって……隕石《いんせき》?」

外国で隕石《いんせき》が落下した騒動《そうどう》を思い出す。人口密集地《じんこうみっしゅうち》に落ちれば大惨事《だいさんじ》になっていただろう。

翔子《しょうこ》は一瞬《いっしゅん》、みんなに教えようかと思ったが、だれが信じてくれるだろう。翔子《しょうこ》を笑ったクラスメイトの顔が頭に浮《う》かぶ。

翌朝《よくあさ》、翔子《しょうこ》は「おばあちゃんのところへ行きたい」と言って、号泣《ごうきゅう》した。最近の翔子《しょうこ》の様子を心配していた両親は、ただごとではない気配にあわてて車を出した。

遠く離《はな》れた海辺の町で、翔子《しょうこ》とミカが潮《しお》の香《かお》りを嗅《か》いでいる時、隕石落下《いんせきらっか》のニュースが報道《ほうどう》され始めた。

読み聞かせのお兄さん

毎週水曜日の午後四時に、そのお兄さんは児童館に現《あらわ》れる。

図書室の空いているスペースに座《すわ》ったお兄さんは、カバンの中から革《かわ》のカバーをつけた本を取り出した。

「はーい、読み聞かせを始めますよ」

お兄さんが呼《よ》びかけると、図書室にいた子どもたちはもちろん、外で遊んでいた子どもたちもやってくる。

いつから「お兄さんの読み聞かせ」が始まったのかは、実は子どもたちも、児童館のスタッフの人たちも知らない。中学生になった子どもたちの兄姉《きょうだい》も、この「お兄さんの読み聞かせ」を知っていたから、もう五年以上は続いているらしい。

かつては、児童館の活動に関係なく、見知らぬ大人《おとな》が勝手に図書室に現《あらわ》れて読み聞かせをするなんて防犯上《ぼうはんじょう》どうか、という意見もあった。

けれど、このお兄さんは、持ってきた本を子どもたちの前で読むだけで、読み終わるとすぐに帰ってしまうから、だれも彼《かれ》の活動をとがめる人はいなくなっていた。それに、実際《じっさい》に「お兄さんの読み聞かせ」に参加すればわかるのだが、お兄さんが読んでくれる話はおもしろくて、聞いた人は、また来週も児童館に来たくなってしまうのだ。

そんなわけでお兄さんが、今週も児童館の図書室にやってきた。

わらわらと、子どもたちがお兄さんのまわりに集まってくる。

「ねえねえ、今日はどんなお話を読んでくれるの？」

最前列で目をキラキラかがやかせているのは、小学二年生のユウコちゃんだ。お兄さんのお話が大好きで「大きくなったら作家になりたいの」と言っている。

ユウコちゃんの質問《しつもん》を受けて、お兄さんは手にした本を開いた。

「う～ん、今日はどのお話にしようかな」

うつむいて本をめくっているお兄さんは、七三に分けた長めの髪《かみ》で、黒縁《くろぶち》のメガネをかけていて真面目《まじめ》そうな感じがした。緑のチェックのシャツを着ている。大学生のようにも見えるけれど、三十歳《さい》以上にも見える。

「早くしてよ〜」

待ちきれないといった感じでお兄さんをせかすのは、小学四年生のノリフミくんだ。彼《かれ》はユウコちゃんの兄で、妹につき合って児童館に来ているうちに「お兄さんの読み聞かせ」のファンになってしまった。

「はいはい、わかりました。それでは今週のお話を始めましょう」

お兄さんはニコニコ笑って、読み聞かせを始めた。

ある国に三つの橋がかかっていました。隣《となり》の国へ行くには、その橋を通らなければなりません。

ひとつめは石の橋。王族しか渡《わた》ることができません。

ふたつめは木の橋。兵隊が渡《わた》ります。

三つめは丸太を渡《わた》しただけの橋。貧《まず》しい村の人々が使っていました。

ある日、台風が来て、丸太の橋と、木の橋が流されてしまいました。

丸太を渡《わた》しただけの橋はすぐに元通りになりましたが、木の橋は作るのに時間がかかります。

そこで兵隊は、しばらく石の橋を渡《わた》らせて欲《ほ》しいと、王様にお願いしました。

ところが王様は冷たく、こう言ったのです。

「石の橋は、われわれ王族が使うものである。お前たちは使ってはならん」

怒《おこ》った兵隊たちは皆《みな》、丸太の橋を渡《わた》ってその国から去っていきました。

しばらくすると、隣《となり》の国の兵隊たちが石の橋を渡《わた》って攻《せ》めてきました。

王様は、あわてて逃《に》げようとしました。しかし、木の橋はなく、元通りになったはずの丸太の橋も、貧《まず》しい村の人々とともに、消えていたのです。

兵隊を失い、国外へ逃《に》げるための橋を失った王族は、隣《となり》の国に攻《せ》められ、ついに滅《ほろ》びてしまいました。

隣《となり》の国の王様は、貧《まず》しい村の人々に、こう言っていました。

――われらが石の橋より攻《せ》め入る時、丸太の橋を流し、逃《に》げ道をなくしておけ。協力すれば、この国は、お前たちの好きにさせてやる。

貧《まず》しい村の人々は約束をはたしました……。


「というわけで、貧《まず》しい村の人々は、国の支配者《しはいしゃ》になったのでした」

お兄さんがお話を終えると、パチパチ、とまわりから拍手《はくしゅ》が起こった。

「えー、なんだよぉー、そのハナシおかしいだろー」

お兄さんの読み聞かせた話に文句《もんく》を言ってきたのは、小学五年生のヒデオくんだ。

実はこのナマイキな子の文句《もんく》も、この「お兄さんの読み聞かせ」の名物になっていて、まわりの子どもたちもニヤニヤしながら見ている。

「だってさあ、隣《となり》の国へ行く三つの橋があるっていうけど、その国の反対側はどうなってるんだよ。そっちから逃《に》げられるだろ」

「あ、そうですね……、反対側は断崖絶壁《だんがいぜっぺき》……、高い崖《がけ》になっていて、その下は海だから、王族は逃《に》げられなかったのでは」

「あとさあ、王族は丸太を渡《わた》って逃《に》げればいいじゃん」

「いや、丸太は貧《まず》しい村の人々が流してしまって」

「また木を切り倒《たお》して、丸太を渡《わた》せばいーじゃん」

「あははは……そうかもしれませんねえ」

お兄さんはタジタジになりながら、ページをめくった。

「それでは気を取り直して、次のお話……、タイトルは『信号』です」


あるところに、信号のない島がありました。

その島の村長さんは考えました。

将来《しょうらい》、この島の子どもたちが大きくなって都会に行った時、信号のある横断歩道《おうだんほどう》の渡《わた》り方がわからなかったら困《こま》るだろう。そのために、島に信号を作ってあげよう。

いろいろ努力して、やっと信号ができました。

しかし、この時になって、信号は必要ないと気がつきました。

この島には、車がなかったのです。

「車を島に持ってくればいいじゃん」

「そ、そうだね」

「それにさあ、島の人は免許《めんきょ》持ってないんじゃないの」

ヒデオくんのツッコミに、お兄さんはボリボリと頭をかいている。

その時、ルルルルとお兄さんの胸《むね》ポケットで携帯電話《けいたいでんわ》が鳴った。

「ごめんね。ちょっと電話だから……。もしもし、はい……頑張《がんば》ってます」

そう言いながら、お兄さんは図書室から出ていってしまった。

「ねえねえ、お兄ちゃん。読み聞かせのお兄さんって、何の本を読んでるのかな」

「何だろう？　気になるね」

ユウコちゃんと、ノリフミくんは、お兄さんが椅子《いす》に置いていった本を見ている。

「だったら見てみればいいじゃん」

ヒデオくんは前に進んで、いつもお兄さんが読んでいる本を開いた。

「えっ、ウソ？」

おどろいているヒデオくんを見て、ユウコちゃん、ノリフミくんも近づいて本を見る。

するとふたりとも「えーっ！」と声をあげてしまった。

お兄さんが読み聞かせしていた本は、真っ白——字が何も書かれていなかった。

お話は、お兄さんの頭の中にあったということだ。

お兄さんの正体を彼《かれ》らが知ったのは、ずっとあとのことだった。

このお兄さんの正体は、作家だった。彼《かれ》が読み聞かせ、子どもたちの指摘《してき》を受けた話は、本になった時にちゃんと修正《しゅうせい》されていたのだった。

信号

東京からはるか遠くに、その島はありました。歩いても一時間で島をぐるっと一周できるほどの大きさで、サトウキビや果物がおもな産物です。

小さいながらも、役場はもちろん、小学校や中学校もあります。

今日は役場で、村長や村の人たちによる会議が行われています。

「それでは次の議題ですが、村長」

議長に呼《よ》ばれて、村長は立ち上がります。

「えー、皆《みな》さんもご存《ぞん》じの通り、この島には現在《げんざい》、信号がありません。これはのちのち問題になるのでは、と私《わたし》は考えております」

——どういうことだろう。

村長の発言に、村の人たちが首をかしげています。

彼《かれ》らの様子を見ていた村長は、コホンと咳《せき》をしました。

「疑問《ぎもん》に思う方もおられるでしょう。私《わたし》たちの島は小さく、信号など必要がないのでは、と。ところがですね、今、島には小学校、中学校合わせて十五人の子どもたちがおります。私《わたし》は、この子たちの将来《しょうらい》を心配しているのです」

村の人たちは、まだ村長の話がよくわからないようで彼《かれ》をじっと見つめます。

「なぜ心配しているのかと申しますと、これは私《わたし》の体験によるものです。実は私《わたし》は、中学校を卒業後に島を出て、東京に行っておりました。二十五歳《さい》で戻《もど》ってくるまでの十年間ですが、その苦労は大変なものでした。人の多さ、物価《ぶっか》の高さはもちろんですが、交通量もかなりのものでした。私《わたし》はその時初めて、信号を見たのです」

なぜ村長が信号について話しているのか、この時になって村の人たちも気がつき始めました。顔を見合わせ、うんうんと、うなずいている人もいます。

「皆《みな》さん、お気づきになられましたね。そうです、信号を実際《じっさい》に見たことのない島の子どもたちにも、信号に慣《な》れてもらいたいのです」

村一番の長老が、大きくうなずきました。

「確《たし》かになあ、オラどもの島は牛車《ぎゅうしゃ》しか走ってねえけど、子どもらが東京に行くことがあれば、信号を知らないのは危《あぶ》ないかもしんねえ」

うんうん。

そうだな。

村の人たちは信号を作ることに興味《きょうみ》を持ち始めています。

「ですから私《わたし》は、この島に信号を作ることを提案《ていあん》したいのです」

「でもよお、村長」

手を挙げたのは、青年部のリーダー、マサオさんです。

「オラたちの島には信号はもちろん、車もねえぞ。車もねえのに信号を作っても、意味がねえんじゃねえか」

「マサオくん、それは大丈夫《だいじょうぶ》です。車も、信号と一緒《いっしょ》に島に運んでくるのですよ」

「車があっても、だれが運転するんだよう」

「私《わたし》が運転します。東京で免許《めんきょ》をとりましたから」

「おお、それならバッチリだな」

こうして村の人たちの了解《りょうかい》を取りつけ、村長が発案した「島に信号を設置《せっち》する」案が認《みと》められました。

ところが、いざ決めたものの島の予算には限《かぎ》りがあったり、先に道路の整備《せいび》をしなければいけなかったりと、信号設置《せっち》の計画はなかなか進みません。それでも、村長の熱意は消えることはなく、長い年月がかかりましたが、やっと実現《じつげん》したのです。

しかしこの時、信号は必要ないものになっていました。

この島にいた若者《わかもの》たちは皆《みな》島を離《はな》れ、島には老人しかいなくなっていたのでした。

● 執筆担当

桐谷 直（きりたに・なお）

新潟県出身。ホラー、ファンタジー、青春など、幅広いジャンルを執筆。近年ではコミックの原案や学習参考書のストーリーを担当するなど、活躍の場を広げている。近著に、『冒険のお話を読むだけで自然と身につく! 小学校で習う全漢字 1006』(池田書店)がある。

たかはし みか

秋田県出身。編集プロダクション勤務を経てフリーライターに。小中学生向けの物語のほか、伝記や読み物など児童書を中心に、幅広い分野で活躍中。著書に、「もちもちぱんだ もちっとストーリーブック」シリーズ（学研プラス）がある。

ささき かつお

東京都出身。出版社勤務の後、フリー編集者、ライター、書評家となる。2015 年に、第5回ポプラズッコケ文学新人賞大賞を受賞。受賞作の『モツ焼きウォーズ　立花屋の逆襲』（ポプラ社）で、2016 年にデビュー。

萩原弓佳（はぎわら・ゆか）

大阪府出身。2014 年、第 16 回創作コンクールつばさ賞童話部門優秀賞受賞。2016 年、受賞作『せなかのともだち』（PHP 研究所）でデビュー。2015 年、『お子さまディナー』で第 37 回子どもたちに聞かせたい創作童話第2部入選。日本児童文芸家協会会員。

装丁・本文デザイン・DTP	根本綾子
カバーイラスト	吉田ヨシツギ
校正	みね工房
編集制作	株式会社童夢

3 分間ノンストップショートストーリー

ラストで君は「まさか!」と言う　予知夢

2017年 5 月 2 日　第 1 版第 1 刷発行
2020年 9 月10日　第 1 版第12刷発行

編　者　　PHP 研究所
発行者　　後藤淳一
発行所　　株式会社PHP研究所
東京本部　〒 135-8137　江東区豊洲 5-6-52
児童書出版部　TEL 03-3520-9635（編集）
普及部　TEL 03-3520-9630（販売）
京都本部　〒 601-8411　京都市南区西九条北ノ内町 11
PHP INTERFACE https://www.php.co.jp/
印刷所・製本所　凸版印刷株式会社

ISBN978-4-569-78647-6

NDC913 207P 20cm